Heinrich Muther

Über die Tiresiasscene in Sophokles König Oedipus

Heinrich Muther

Über die Tiresiasscene in Sophokles König Oedipus

ISBN/EAN: 9783743399006

Hergestellt in Europa, USA, Kanada, Australien, Japan

Cover: Foto ©Andreas Hilbeck / pixelio.de

Manufactured and distributed by brebook publishing software (www.brebook.com)

Heinrich Muther

Über die Tiresiasscene in Sophokles König Oedipus

Über die Tiresiasscene in Sophokles' König Ödipus.

Die Scene, in welcher der Seher Tiresias dem König Ödipus von Theben seine schwere Schuld, die Niemand ahnt, und das ihm bevorstehende jammervolle Geschick enthüllt (V. 300—462), verdient als eine meisterhafte dramatische Leistung, aber auch wegen einiger schwierigen Stellen, die sie enthält, etwas eingehender besprochen zu werden, als es in den Ausgaben dieser Tragödie zu geschehen pflegt. Ich wage es daher meine Auffassung der Tiresiasscene und meine Ansicht über einzelne Stellen derselben in der folgenden Abhandlung niederzulegen.

Das Auftreten des blinden Sehers Tiresias ist von dem Dichter trefflich vorbereitet und begründet worden. Als eine furchtbare Pest in Theben Menschen und Thiere hinraffte, sandte der bürgerfreundliche König, dem die Not seines Volkes zu Herzen ging, seinen Schwager Kreon zu dem delphischen Orakel, um den Gott Apollo zu befragen, was zur Rettung der Stadt geschehen solle. Er teilt dies in der ersten Scene des Prologs der Schaar von Schutzflehenden mit, die unter Führung bejahrter Priester vertrauensvoll vor dem Palast des Königs erschienen waren, um den ruhmvollen Herrscher, der einst die Stadt von der schrecklichen Sphinx befreit hatte, um Hülfe in der jetzigen Bedrängnis anzuflehen. In der zweiten Scene verkündet Kreon, der gerade während der Unterredung des Königs mit einem der Priester heimkehrte, vor der ganzen Versammlung die deutliche Antwort des delphischen Gottes, daß die Blutschuld, mit welcher der Mörder des vorigen Königs Laios das Land befleckt habe, durch seine Verbannung oder Tötung getilgt werden müsse. Ödipus läßt sich von seinem Schwager noch das Wenige mitteilen, was derselbe über die Ermordung des Laios wußte, und erklärt dann, daß er dem Befehle des Gottes mit allem Eifer nachkommen werde. Darauf entläßt er die Versammlung und befiehlt einem seiner Diener sofort die Thebaner zu versammeln. Nach einiger Zeit erscheinen fünfzehn angesehene Greise, die den Chor der Tragödie bilden, und während diese noch in dem ersten Chorgesang die Hülfe der Schutzgötter Thebens anrufen, kommt König Ödipus aus dem Palaste, in dem er kurze Zeit verweilt hatte, wieder heraus. Er bittet die Vertreter der thebanischen Bürgerschaft, ihn bei der Lösung der schwierigen Aufgabe, die der Gott ihm gestellt hatte, eifrig zu unterstützen und beweist dann durch den weiteren Inhalt seiner Ansprache, besonders aber durch den schweren Fluch, den er über den verborgenen Mörder ausspricht, wie viel ihm daran liegt die Ermordung seines edlen und erlauchten Vorgängers endlich zu rächen und dadurch zugleich die Stadt Theben aus ihrer Not zu erretten. Eine kurze Unterredung zwischen Ödipus und dem Chor, welche auf diese Ansprache folgt, macht es uns zwar sehr wahrscheinlich, daß die eben ausgesprochenen Mahnungen des Königs ebenso, wie die Ächtung und Verwünschung des Mörders, wenig Erfolg haben werden, erweckt aber zugleich in uns die Hoffnung, daß der König auf einem andren Wege, nämlich durch Befragung des blinden Sehers Tiresias, an das gewünschte Ziel gelangen werde. Der Chor beteuert zuerst, daß er selbst den König Laios nicht getötet habe, aber auch seinen Mörder nicht angeben könne. Dann weist er darauf hin, daß der Gott, der den Befehl gesandt habe, den Mörder aufzuspüren, eigentlich auch den Missethäter hätte bezeichnen sollen, daß aber der Diener des Prophetengottes, der ehrwürdige Tiresias, dasselbe, wie Fürst Phöbus, wisse und darum demjenigen, der den Mörder erforschen wolle, die zuverläßigste Auskunft geben könne. Ödipus bestreitet dies nicht; er erwidert, er habe auch dies schon sehr eifrig betrieben,*) denn zweimal schon habe er auf den Rat des Kreon einen Boten an den Seher gesandt, und er wundre sich, daß er noch nicht erschienen sei. Durch diese Worte des Ödipus werden wir auf die baldige Ankunft des Sehers vorbereitet, und die sieben folgenden Verse der Unterredung lassen seine Befragung in der That als sehr zweckmäßig, ja notwendig erscheinen, wenn der Mörder entdeckt werden soll. Der Chor bezeichnet das Übrige, was man noch erfahren könne, als wertlose und alte Gerüchte, und Ödipus teilt nicht die Hoffnung des Chors, daß der Mörder nicht im Stande sein werde, dem vorhin ausgesprochenen furchtbaren Fluche zu trotzen. Der Chor versucht aber nicht sein Bedenken zu widerlegen; er giebt ihm die überraschende Antwort: „doch es ist Einer da, der ihn entlarven kann; denn sie führen dort bereits den göttlichen Seher hierher, dem allein von den Menschen die Wahrheit angeboren ist." Diese Worte, mit denen das Auftreten des Sehers Tiresias angekündigt wird, erwecken in uns die größte Spannung auf die bevorstehende Verhandlung zwischen dem König und dem Seher. Dem jugendlich thatkräftigen, volksfreundlichen und ruhmvollen König Ödipus tritt der blinde Greis Tiresias als Diener und Bevollmächtigter des Gottes Phöbus, als Vertreter der **Wahrheit** gegenüber (vgl. V. 356 „Ich trage ja die Wahrheit als meine Stärke in mir," V. 369 „wenn anders die Wahrheit noch irgend eine Kraft besitzt;" V. 376 u. 377 „Es ist dir freilich nicht bestimmt durch mich zu fallen; denn mächtig genug ist Apollo u. s. w., V. 410 „Ich bin ja nicht dein Diener, sondern der des Prophetengottes"). Man erwartet von seiner Unterredung mit dem König wichtige Aufschlüsse für die Untersuchung, von deren Gelingen die Rettung Thebens abhängt. Aber die Erwartung wird bei weitem übertroffen. Eine verhältnismäßig kurze Scene verändert plötzlich die ganze Lage der Dinge und in Folge davon das Urteil und die Stimmung der Zuschauer und der Leser. Das Eingreifen einer übernatürlichen Macht in den Gang der dramatischen Handlung, das der religiöse Glaube dem griechischen Tragödiendichter gestattete, bewährt sich auch hier als ein überaus wichtiges und wirksames dramatisches Kunstmittel.

König Ödipus eröffnet seine Verhandlung mit dem ehrwürdigen Seher mit einer beredten Ansprache, in welcher er demselben seine tiefe Verehrung zu erkennen giebt und mit eindringlichen Worten ihn um seine Hülfe bittet (V. 300—315). Er redet ihn an als den weisen Tiresias, der Alles, das was mitteilbar und was unsagbar ist, das Himmlische und das Irdische im Geiste bewegt, und er versichert ihm, daß die Stadt in ihrem schweren Leiden, das er trotz seiner Blindheit schaue, an ihm ihren einzigen Beschützer und Retter habe (V. 300—304). Er begründet diese Versicherung durch Mitteilung der von Phöbus ihm gesandten Antwort (V. 305—309) und sagt zuletzt, womit, wem und warum er helfen solle. Tiresias soll ihnen weder eine Weissagung aus dem Fluge der Vögel

---

*) Für οὐκ ἐν ἀργοῖς, was nur eine sehr gezwungene Erklärung zuläßt, lese ich auf Grund der ursprünglichen Lesart des Laur. A. οὐκ ἐναργῶς: οὐκ ἐνεργῶς. Die Worte: „Auch dies habe ich nicht auf eine nichtthatkräftige Weise betrieben" enthalten eine Litotes. Der Sinn der Worte ist also: Auch dies habe ich schon energisch betrieben.

noch irgend ein anderes Mittel der Seherkunst verhehlen; er soll sich selbst, die Stadt und Alles, was durch den Mord befleckt ist, retten und zwar, weil die Thebaner auf seine Hülfe angewiesen sind und weil ein Mann, der hilft, womit er zu helfen weiß und vermag, edel und rühmlich handelt (V. 310—315).

Ödipus zeigt auch in dieser Ansprache den menschenfreundlichen und patriotischen Sinn, durch den er schon in den ersten Scenen unsere Achtung und Zuneigung gewonnen hat, und obwohl er seines Ruhmes sich wohl bewußt ist (vgl. V. 8 „ich, der von Allen der ruhmvolle Ödipus genannt wird") und obgleich die begeisterte Anerkennung seines Verdienstes um die Stadt aus dem Munde des Priesters (V. 31—39) sein Selbstgefühl noch steigern konnte, beweist er doch eine rühmliche Bescheidenheit, indem er sich dem von Allen verehrten Seher willig unterordnet. Aber auffallend ist es, daß er ihn mit keinem Worte als den Diener und Vertreter des Gottes Phöbus bezeichnet. Er rühmt seine Weisheit, aber erwähnt nicht, daß diese ihm von dem Prophetengott verliehen wird. Er ermahnt ihn, sich selbst zu retten, als ob er nur ein Bürger der Stadt, wie die übrigen, und nicht der Schützling eines mächtigen Gottes wäre. Er sucht ihn durch Erinnerung an die allgemeine Pflicht der Menschenliebe zur Rettung der Stadt zu bewegen und bedenkt nicht, daß er in eines größeren Herren Pflicht steht, ohne dessen Willen er nicht helfen darf und kann. Ödipus glaubt nicht an das geheimnisvolle Walten des Gottes Phöbus und an seine Verbindung mit dem blinden Greise Tiresias, und gerade dieser unfromme Sinn, der in dem weiteren Verlaufe der Scene noch offener und greller hervortritt, wird, wie wir bald sehen, für ihn verhängnisvoll.

Die erste Antwort des Tiresias mußte dem König eine bittere Enttäuschung bereiten. Nach dem Klageruf: „Wehe! Wehe!" stellt er dem so wahren, ächt menschlichen Ausspruche, mit dem Ödipus seine Rede schloß, einen anderen allgemeinen Gedanken gegenüber, der seiner jetzigen Erfahrung und Stimmung entspricht, ein Urteil über das in V. 302 von ihm gerühmte $\varphi\rho o\nu\epsilon\tilde{\iota}\varsigma\ \delta'\ \ddot{o}\mu\omega\varsigma$: „wie schrecklich ist es die Wahrheit zu erkennen, wenn das Erkennen nicht heilsam ist" und er fährt dann zur Begründung seines Weherufs fort: „denn leider*) habe ich dies, obwohl ich es wußte, vergessen; sonst wäre ich nicht hieher gekommen." Ödipus fragt ihn ganz bestürzt: „Was hast du? wie mutlos bist du hier erschienen!" Tiresias bittet den König, ihn wieder heimkehren zu lassen und fügt zur Begründung hinzu: „denn am leichtesten wirst du deine und ich meine Last tragen, wenn du mir folgst." Absichtlich braucht er als Objekt von $\delta\iota o\iota\sigma\omega$ (bezw. $\delta\iota o\iota\sigma\epsilon\iota\varsigma$) die unbestimmten substantivierten Ausdrücke $\tau\grave{o}\ \sigma\acute{o}\nu$ und $\tau o\mathord{\mathit{\nu}}\mu\acute{o}\nu$. Die Verbindung dieser Objekte mit dem Verbum $\delta\iota o\iota\sigma\omega$ macht es wahrscheinlich, daß beide eine Last bezeichnen, welche die Seele beschwert. Da nun die Last, die das Gemüt des Tiresias bedrückt, sein Wissen von der schweren Schuld des Königs ist, meint er mit $\tau\grave{o}\ \sigma\acute{o}\nu$ jedenfalls das Wissen des Ödipus von der verbrecherischen That, die er einst begangen, die düstere Erinnerung an die Thatsache, daß er vor seiner Ankunft in Theben vier Männer, die auf einem Reisewagen ihm begegneten und ihn reizten, in leidenschaftlicher Erregung getötet hat. Tiresias meint, der König werde das geheime Schuldbewußtsein, das ihn bedrückt, und er selbst sein Wissen von der Schuld des Ödipus am leich-

---

*) Für $\kappa\alpha\lambda\tilde{\omega}\varsigma$ in V. 317 ist wohl $\kappa\alpha\kappa\tilde{\omega}\varsigma$ zu lesen, was mit $\delta\iota\acute{\omega}\lambda\epsilon\sigma$' zu verbinden ist. Tiresias begründet seinen Weheruf und spricht sein Bedauern darüber aus, daß er gekommen ist. Es muß daher gesagt werden, daß das $\delta\iota\acute{\omega}\lambda\epsilon\sigma$', sein Vergessen der eben ausgesprochenen Wahrheit, unglücklicher Weise erfolgt ist. Dagegen sieht man keinen Grund, warum T. hervorheben soll, daß er die Wahrheit, die er vergessen hat, se hr wohl gewußt habe.

leisten ertragen, wenn er jetzt fortgehen dürfe, ohne sein Geheimnis zu offenbaren. Seine Worte enthalten die erste leise Andeutung, daß der vielgerühmte, vom Glück so begünstigte König in Wahrheit doch wegen eines stillen Kummers, der sein Herz bedrückt, nicht glücklich ist. Ödipus beachtet nicht die in τὸ σόν liegende Anspielung auf seinen inneren Zustand. Er will jetzt im Eifer für die Rettung der Stadt und als ein von Natur energischer Mann den Seher nötigen, ihm sogleich mitzuteilen, was er über den Mörder des Laios weiß. Kurz vorher hat er in seiner Unterredung mit dem Chor (V. 280 und 281) mit Recht gesagt: „Aber die Götter zu etwas zu zwingen, was sie nicht wollen, vermag wohl kein Sterblicher." Aber dennoch unternimmt er es jetzt den göttlichen Seher und somit auch dessen Gebieter Apollo zum Reden zu zwingen, weil er eben in dem Seher nicht den Vertreter des Gottes sieht. Er spricht zuerst als König zu dem Bürger Tiresias; er erinnert ihn, daß er aus Gehorsam gegen die Gesetze und aus Liebe zu seiner Vaterstadt seinen Seherspruch ihnen nicht verweigern dürfe. Tiresias weist auf das Beispiel des Königs hin, um zu beweisen, daß das Reden manchmal nicht zum Segen gereiche, und er will dann bestimmt erklären, daß er, um nicht dieselbe Erfahrung zu machen, schweigen werde, wird aber in seiner Rede durch flehende Worte des Ödipus unterbrochen: „Nein, bei den Göttern, wende du mit deiner Erkenntnis dich nicht von uns ab, da wir alle dich in Demut um deine Hülfe anflehen!" Denn mit Recht werden die V. 326 und 327 von den meisten neueren Herausgebern nicht dem Chor, der an dieser Stelle noch nicht reden darf, sondern dem Ödipus zugewiesen. Um die Stadt zu retten, demütigt sich der König noch einmal vor dem Seher. Er beschwört den Tiresias bei den Göttern, daß er helfen möge, ja er vergißt einen Augenblick seine Herrscherwürde, indem er sich mit dem πάντες οἵδ' ἱκτήριοι seinen hülfsbedürftigen Unterthanen gleichstellt und gemeinsam mit ihnen bittet. Er ahnt ja nicht, daß die von ihm erflehte Hülfe entsetzliches Unheil über ihn bringen wird; sein Flehen beweist nur, wie beschränkt und unzulänglich die Erkenntnis selbst der mit Scharfsinn begabten Menschen ist. Diese Thatsache deutet der Seher an, wenn er im Anschluß an die Worte des Ödipus „wir alle hier" erwidert: „Ihr alle erkennt ja nichts!" Nach diesen Worten, die für den selbstbewußten, unfrommen Sinn des Königs verletzend sein mußten, giebt er deutlicher, als bisher (in V. 320 u. 321; V. 325 ὡς οὖν u. s. w.), den Grund an, der ihn vom Reden abhält. Die Worte, in denen dies geschieht,

$$\text{ἐγὼ δ' οὐ μή ποτε}$$
$$\text{τἀμ' ὡς ἂν εἴπω, μὴ τὰ σ' ἐκφήνω κακά.}$$

haben sehr viele Konjekturen veranlaßt, aber sie sind richtig überliefert. Der Gedanke und der Ausdruck sind ohne Anstoß, wenn man nur die Worte τἀμ' ὡς ἂν εἴπω nicht als einen Finalsatz, der ungewöhnlicher Weise ein ἂν erhalten hat, sondern als hypothetischen Relativsatz faßt: „Wie ich auch das, was ich weiß, aussprechen mag, werde ich gewiß niemals dein Unglück nicht enthüllen, d. h. werde ich gewiß in jedem Fall dein Unglück enthüllen." Ödipus prüft nicht diesen Grund, mit dem Tiresias sein Schweigen zu rechtfertigen sucht, sondern hält sich nur an die Thatsache, daß er nicht reden will, und da er in dem Diener des Phöbus nur den Bürger sieht, der verpflichtet ist, die Wohlfahrt seiner Mitbürger und der Stadt zu befördern, ruft er, leicht erregbar, wie er ist, ihm voll Entrüstung zu: „Was sagst du? Du willst, obgleich du darum weißt, doch nicht reden, sondern gedenkst uns zu verraten und die Stadt zu Grunde zu richten?" Ueber diese Worte bemerkt Schmelzer in seiner sehr lesenswerten Erklärung, wie ich glaube, mit Unrecht, es sei für Ödipus in hohem Grade bezeichnend, daß er nicht sofort heftig aufbrause, sondern erst den denkenden, überlegenden Mann reden lasse: ξυνειδὼς οὐ φράσεις u. s. w. Ödipus spricht jene Worte nicht mit ruhiger Überlegung. Sie sind eine Äußerung des Zornes, der in seinem leidenschaftlichen Herzen erwacht, weil er, der sich jetzt wieder ganz als König fühlt, von dem göttlichen Seher verlangt, daß er unbekümmert um sein Verhältnis zu dem Gott Apollo jetzt nur seine Bürgerpflicht erfüllen solle. In dem ersten Stadium seines Zornes spricht er ein übertrieben hartes Urteil über das Verhalten des Tiresias aus. Dieser antwortet ruhig und wohlwollend (V. 332): „Ich will weder dir noch mir Schmerz bereiten"; er wiederholt den schon angegebenen Grund seines Schweigens, aber so, daß er die Wirkung des dem Ödipus drohenden Unheils angiebt und in aufrichtiger persönlicher Teilnahme auch sein eigenes Herzeleid als eine solche bezeichnet. Nach dieser neuen Rechtfertigung seines Schweigens erklärt er zum ersten Mal bestimmt, daß Ödipus vergebens sein Geheimnis zu erforschen suche, da er es von ihm wohl nicht erfahren werde. Jetzt aber entbrennt des Königs Zorn so heftig, daß er den Seher selbst auf frevelhafte Weise schmäht. Den Mann, den er eben erst mit demütiger Ehrerbietung begrüßt hatte, redet er, wie einen nichtswürdigen Sklaven, mit den Worten an: „O du schlechtester der Schlechten!" Er erschrickt selbst vor diesem Frevel und sucht ihn durch die Worte zu entschuldigen „denn auch ein Felsenherz könntest du zum Zorne reizen"; dann fährt er fort: „willst du nicht endlich offen reden, sondern dich so unerweichlich und unerbittlich zeigen?"

Die zwei folgenden Verse, 337 u. 338, welche die Antwort des Sehers enthalten, sind leider nicht ganz richtig überliefert. Ich nehme an, daß nicht ὀργήν, sondern σιγήν zu lesen ist.*). Ti= resias sagt in seiner Erwiderung, was der König eigentlich mit den schmähenden Ausdrücken ἄτεγκτος und κἀτελεύτητος an ihm tadelt: „Du hast mein Schweigen getadelt"; dann aber erwähnt er, um ihn aus seiner Sicherheit aufzuschrecken und zur Besinnung zu bringen, die allen verborgene Thatsache, daß Ödipus sich schon lange in der Kunst des Verschweigens übt: „Daß aber dein Schweigen mit dem meinigen verbunden ist, das erkanntest du nicht, sondern du schmähest mich." Ödipus überhört diese Warnung; er hält sich nur an die letzten Worte ἀλλ᾽ ἐμὲ ψέγεις und sagt zur Rechtfertigung seines Tadels: Ja dein Schweigen verdient Tadel, denn wer sollte nicht in Zorn geraten, wenn er

---

*) Nimmt man ὀργήν in seiner gewöhnlichen Bedeutung, in der es auch einige Verse weiter unten in V. 344 und 345 steht und die der Bed. der Verba ὀργαίνειν in V. 335 und ὀργίζεσθαι in V. 339 entspricht, so erhält man unwahre Gedanken. Denn Ödipus hat nirgends bei dem Tiresias Zorn getadelt, und den ihm selbst inwohnenden Zorn hat er recht wohl erkannt, da er ihn ja in V. 334 und 335 mit den Worten καὶ γὰρ ἄν . . . ὀργάνειας und nach der herkömmlichen Erklärung in V. 339 und 340 zum zweiten Male zu rechtfertigen sucht. Außerdem begreift man nicht, warum eigentlich Tiresias das sagen soll, was man ihn in V. 337 und 338 sagen läßt. Schneidewin—Nauck nehmen nun an, daß ὀργήν nicht Zorn, sondern Sinnesart bedeute. Daß aber das Wort in V. 337 diese Bedeutung habe, während es gleich darauf (V. 344 und 345) zweimal „Zorn" bedeutet und daß der Dichter den Seher τὴν ὀργήν ἐμήν sagen lasse, ohne bestimmt anzudeuten, daß er mit dem Worte einen andern Sinn verbinde, als in V. 344, ist ganz unwahrscheinlich. Überdies nimmt Ödipus jedenfalls das Wort im Sinne von „Zorn", da er ja in den nächsten Versen 339 und 340, wie man annimmt, seinen Zorn rechtfertigen will. Daß endlich ὀργήν nicht, wie Bellermann und Wecklein meinen, in Beziehung auf Tiresias eine andere Bedeutung, als in Beziehung auf Ödipus habe, ergiebt sich, wie ich glaube, aus der Thatsache, daß jeder Zusatz fehlt, aus dem man schließen könnte, daß ὀργὴν bei τὴν ἐμήν etwas anderes, als bei τὴν σήν, bedeute.

solche Worte hört (wie sie Tiresias von Ödipus gehört hatte)? du aber hast sie jetzt gehört und mißachtest doch unsre Stadt (indem du in deinem Schweigen verharrst). Gewöhnlich übersetzt man die Verse 339 und 340: „wer sollte denn nicht in Zorn geraten, wenn er solche Worte hört, womit du jetzt unsre Stadt mißachtest?" Aber welche Worte des Tiresias konnte denn Ödipus als solche bezeichnen, mit denen er die Stadt beschimpft? Und wie soll der auf ἔπη bezügliche Acc. ἅ erklärt werden? Ein „Acc. des Inhalts" kann bei ἀτιμάζεις πόλιν nicht stehen, weil das Relativum ἅ nicht den Inhalt, sondern das Mittel des ἀτιμάζειν angiebt, und ein Participium λέγων, von welchem ἅ abhängig sein könnte, kann unmöglich ergänzt werden. Die einzige mögliche Ergänzung ist, daß man das unmittelbar vorhergehende κλύων bei ἅ wiederholt, wie z. B. in V. 862 in dem Relativsatze ὧν οὔ σοι φίλον aus dem unmittelbar vorhergehenden πράξαιμι der Inf. πράττειν zu ergänzen ist. Wörtlich ist also zu übersetzen: „wenn er solche Worte hört, welche gehört habend du jetzt unsre Stadt nicht ehrst."

Auch die Antwort des Tiresias bezieht sich wieder auf sein von Ödipus so heftig getadeltes Schweigen: „Von selbst wird es ja kommen, auch wenn ich es mit Schweigen bedecke." Als aber der König auch an diese verhängnisvolle Erklärung die Aufforderung knüpft, daß er das, was kommen werde, mitteilen solle, bricht der Seher mit den Worten ab: „Ich kann nicht weiter reden; daraufhin ereifere dich, wenn du willst, im allerwildesten Zorn!" Aus den letzten Worten hat man geschlossen, daß der Seher jetzt allmählich selbst in Affekt gerate; seine Aufforderung „daraufhin ereifre dich u. s. w." sei das erste verletzende Wort des Sehers, das aber bereits in seiner Entschiedenheit, in seiner schon leidenschaftlichen Abwehr erkennen lasse, wie hier zwei harte Felsen auf einander zu stoßen im Begriff sind (Schmelzer). Ich glaube, daß heftige Leidenschaft weder dem Alter noch der Würde des Sehers angemessen ist. Den wilden Zorn überläßt der Dichter dem König als Waffe, mit welcher er vergeblich gegen den gottgesandten Vertreter der Wahrheit kämpft. Tiresias will dies mit seiner Aufforderung zum Zorn dem Ödipus zum Bewußtsein bringen, und die Erkenntnis, daß sein heftiger Zorn dem Seher gegenüber ohnmächtig ist, soll die verhängnisvolle Aufregung seines Gemütes beschwichtigen. Mit dem zu θυμοῦ δι' ὀργῆς hinzugefügten Bedingungssatz εἰ θέλεις, deutet er dem König an, daß er sein Schicksal in seinen eignen Händen habe. „Wenn er will", soll er sich wie bisher in wildem Zorn ereifern. Aber er kann sich auch entschließen, sich in den entschiedenen Willen des Sehers zu fügen und ihn ruhig schweigen zu lassen.

Befremden kann der Widerspruch zwischen der Erklärung des Tiresias: „ich kann nicht weiter reden" und der Thatsache, daß er schon nach fünf Versen, in welchen Ödipus ihm erwidert, seine Enthüllungen beginnt. Ist der greise Seher so wankelmütigen Sinnes, daß er im nächsten Augenblick schon den eben ausgesprochenen Vorsatz aufgiebt? Oder sind jene Worte nicht ernstlich gemeint? Nein Tiresias hatte wirklich nach der demütigen und ergreifenden Ansprache des Ödipus aus menschlichem Mitgefühl und Achtung gegen den Herrscher sich vorgenommen, die von Phöbus ihm aufgetragenen Enthüllungen so lange als möglich hinauszuschieben, und er gab diesen Vorsatz auch nicht auf, als Ödipus in so ungestümer und beleidigender Weise die sofortige Mitteilung dessen, was er über den Mörder des Laios wußte, erzwingen wollte. Aber der unglückselige König vereitelte selbst die wohlwollende Absicht des Sehers. Was der Verblendete weder durch inständige Bitte und ernste Mahnung an die Pflicht des Bürgers noch durch Vorwürfe und Schmähungen erreicht hatte, das bewirkte er durch fortgesetzte maßlose Angriffe auf den ehrwürdigen Seher, in dessen Person zugleich der Gott geschmäht und schwer beleidigt wurde. Der Frevel gegen die Gottheit mußte gesühnt werden, und die Strafe des Gottes der Erkenntnis und der Wahrheit besteht darin, daß sein Bote nunmehr die Wahrheit offenbaren muß, die den mächtigen und scheinbar glücklichen König zu dem unglücklichsten aller Sterblichen macht. Jeder frevelhaften Rede, zu der Ödipus durch seinen unfrommen Sinn, seinen Herrscherstolz und seinen wilden Zorn sich fortreißen läßt, folgt nun eine schreckliche Enthüllung des Sehers und zwar nicht etwa, weil auch dieser, wie man gemeint hat, immer mehr in Zorn gerät, sondern weil er den Eingebungen seines Gottes folgen und sein Gericht vollziehen muß. In diesem Sinn also wurde Tiresias, wie er in V. 358 selbst erklärt, vom König dazu gebracht wider seinen Willen zu reden.

Mit den eben besprochenen Worten des Sehers „Ich kann nicht weiter reden u. s. w." endet der erste der drei Abschnitte, in welche man die Tiresiasscene teilen kann (V. 300—344), die Vorverhandlung, in welcher der König den Seher um seine Hülfe bittet und dann dessen entschiedene Weigerung sich über den Mörder des Laios auszusprechen vergeblich auf das heftigste bekämpft. In dem folgenden Abschnitt (V. 345—407) beginnt Tiresias den Auftrag seines Gottes auszuführen, aber der König bewirkt durch eine sehr zuversichtlich ausgesprochene Anklage gegen seinen Schwager Kreon und gegen Tiresias, daß der Ausgang des Kampfes zwischen dem Herrscher und dem Seher bei oberflächlicher Betrachtung und auch nach dem Urteile des Chors (V. 404—407) noch als ungewiß erscheint.

Am Anfang dieses Abschnitts geht der Wunsch des Tiresias, daß der leidenschaftliche Herrscher die Ohnmacht seines Zorns erkennen möge, nicht in Erfüllung. Ödipus beharrt in seinem wilden Zorn, und, ohne recht zu wissen, was er thut, spricht er plötzlich einen Argwohn aus, den das rätselhafte Schweigen des Sehers in seinem von Leidenschaft verblendeten Geiste erweckt hatte: „Ja fürwahr ich will, zornig wie ich bin, nichts von dem zurückhalten, was ich klar erkenne. So wisse denn, ich glaube, du hast die That mit angezettelt und mit ausgeführt, nur nicht als Mörder mit eigner Hand; wärest du aber sehend, so würde ich sogar behaupten, daß du allein der Schuldige bist." Er spricht also mit großer Zuversicht die Vermutung aus, daß Tiresias nur deswegen so beharrlich schweige, weil er selbst der Teilnahme an dem Morde des Laios sich bewußt sei, und beweist damit, wie thöricht und sinnlos auch der kluge Mensch werden kann, wenn er seinen Geist von heftiger Leidenschaft verwirren und verblenden läßt. Aber er spricht in seinem Zorne nicht nur unüberlegte und thörichte Worte, sondern er versündigt sich auch schwer gegen den Gott Phöbus, der seinen Diener gesandt hatte, um durch die Entdeckung des Mörders die Stadt Theben zu retten. König Ödipus, der fluchbeladene Mörder, wagt es den gottgeweihten Seher, auf den seit vielen Jahren Alle mit Ehrfurcht blickten, als angeblichen Königsmörder zu brandmarken! Diese völlige Verleugnung der Wahrheit, dieser Frevel gegen den Gott, der den Tiresias seines Vertrauens gewürdigt hat, kann und darf nicht ungestraft bleiben, und die Strafe erfolgt schon im nächsten Augenblick. Die Wahrheit, die so lange verborgen geblieben war, wird enthüllt, der König, den Alle „den ruhmvollen Ödipus" nannten, wird plötzlich als der Mörder des Laios bezeichnet. Tiresias leitet seine Antwort auf die unerhörte Beschuldigung des zornerfüllten Herrschers mit der kurzen inhaltsschweren Frage ein: „wirklich?" Diese ironische Frage ist keineswegs eine Äußerung leidenschaftlichen Zorns.*) Der alles wissende Seher, der im Namen des Gottes Phöbus redet, deutet mit dem einen Worte die Unwahrheit und Nichtigkeit der eben ausgesprochenen Beschuldigung an. Dann fährt er fort: „Ich rate dir bei jenem Befehle, den du verkünden ließest, zu beharren und vom heutigen Tage an weder diese noch mich anzureden, da du der Frevler bist, der dieses Land mit Schuld befleckt." Tiresias beginnt mit diesen Worten seine schrecklichen Enthüllungen, die nicht auf einmal, sondern allmählich mit immer größerer Deutlichkeit erfolgen. König Ödipus, der ja in der Zeit, in welcher Laios umgekommen war, einen ihm unbekannten Mann mit drei Begleitern getötet hatte, mußte bei der feierlichen Anklage, die der Seher so plötzlich gegen ihn erhob, im innersten Herzen erschrecken. Aber er weiß sich zu beherrschen. Er äußert nur sein Staunen darüber, daß Tiresias diese Worte so frech und schamlos herausgeschleudert habe, und im Bewußtsein seiner Herrschermacht richtet er an den blinden Greis die drohende Frage: „und wie glaubst du der Strafe dafür zu entfliehen?" Der Seher stellt der Drohung des Königs sein Vertrauen auf die Macht der Wahrheit gegenüber: „Ich bin in Sicherheit, denn ich trage die Wahrheit als meine Stärke in mir." Ödipus will aber seinem Gegner diese Ehre und diesen Trost streitig machen. In seinem rasch denkenden Geiste taucht der Argwohn auf, daß sein Schwager Kreon im geheimen Einverständnis mit dem Seher sei. Er fragt daher: „Von wem hast du sie erfahren? Gewiß nicht von deiner Kunst." Man erwartet eigentlich, daß Tiresias den schweren Vorwurf, der ihm mit diesen Worten gemacht wurde, durch die Erwähnung des Gottes, der ihn belehrte, zurückweisen würde. Statt dessen giebt er die überraschende Antwort: „Von dir (ward ich belehrt). Du hast mich ja dazu gebracht, daß ich wider meinen Willen rede." Die beiden Sätze sind nicht etwa, wie einige Ausleger meinen, gleichbedeutend. Tiresias versichert, er sei von Ödipus über die Wahrheit belehrt worden, weil sein Verhalten, sein Zorn, seine Schmähungen sein geheimes Schuldbewußtsein verrieten und somit die Wahrheit, die der Gott ihm offenbart hatte, bestätigten. Und daß sein Verhalten in der That ein sehr verwerfliches war, beweist der mit σὺ γάρ eingeleitete Satz: „Dein Verhalten war ja von der Art, daß ich dadurch wider meinen Willen zum Reden, zur Offenbarung deiner Schuld genötigt wurde. Durch diese ernsten Worte, die den Blick des Königs wieder auf sich selbst zurücklenken, verhindert ihn der Seher, den schmählichen Verdacht, den er mit seiner letzten Frage angedeutet hatte, jetzt schon offen auszusprechen. Ödipus fordert vielmehr den Seher auf, noch einmal das Wort zu wiederholen, das er selbst doch als ein schamloses bezeichnet hatte. Er weiß ja nichts zu seiner Verteidigung vorzubringen, und er möchte bestimmter und deutlicher hören, welcher ruchlosen That er von Tiresias beschuldigt wird. Dieser antwortet ihm mit zwei Fragen, von denen die zweite ἢ 'κπειρᾷ λέγειν, nicht richtig überliefert ist. Einige Ausleger erklären diese Worte: oder stellst du mich auf die Probe, daß ich reden und mich bloßstellen, in Widersprüche verwickeln soll? Aber das angenommene Objekt „mich" fehlt im Texte, und der bloße Inf. λέγειν genügt nicht zur Bezeichnung des angegebenen

---

*) Für verfehlt halte ich das Urteil S c h m e l z e r s: „Eine heftigere Natur, als der König, ist der Seher, der mit keinem Worte einlenkt und eiserne Consequenz zeigt u. s. w." und seine Auffassung der Verse 345—349: „Mit einem Schlage ist damit die Leidenschaft auf die Bühne gebracht, mit welcher nun zwei edle Charaktere wider einander anstürmen."

Zwecks. Ich glaube, daß die Stelle durch eine leichte Änderung geheilt werden kann. Für λέγειν ist στέγειν zu lesen.*) Tiresias fragt den König: „Hast du es vorhin nicht verstanden? oder versuchst du dies zu verbergen?" d. h. willst du den Schuldlosen spielen, der angeblich sich nicht erinnern kann, jemals in seinem Leben einen Menschen getötet zu haben? Ödipus antwortet nur auf die erste Frage: „Ich habe es nicht so verstanden, daß ich es deutlich sagen könnte. Darum sage es mir noch einmal!" Und nun erklärt der Seher ihm offen und unumwunden: „Ich sage, der Mörder bist du des Mannes, dessen Mörder du suchst" d. h. dessen Ermordung du jetzt rächen willst. Ödipus, der sich selbst gestehen muß, daß die gegen ihn erhobene Anklage wohl auf Wahrheit beruhen kann, versichert nicht etwa, daß sein Gewissen ihn von jeder Schuld freispreche. Er sucht wieder im Vertrauen auf seine Herrschermacht den Seher durch eine Drohung einzuschüchtern. Aber für diese wiederholte Drohung, die er in unfrommer Selbstüberhebung gegen den Boten des Phöbus ausspricht, wird er dadurch bestraft, daß er eine neue schreckliche Enthüllung vernehmen muß. Den Übergang zu der Verkündigung einer neuen furchtbaren Wahrheit bilden die Frage des Tiresias, die dem König zugleich zeigen soll, daß seine Drohungen ganz vergeblich sind: „Soll ich dir etwa noch anderes sagen, damit du noch mehr in Zorn gerätst?"**) (V. 364) und die herausfordernde Antwort des verblendeten Königs: „so viel du nur wünschest. Denn du wirst es doch vergeblich sagen." (V. 365). Diese trotzigen Worte halten den Seher nicht ab, noch mehr von den schrecklichen Geheimnissen des Königspalastes von Theben zu offenbaren. Er antwortet dem König: „Ich sage dir, daß du heimlich mit den Liebsten in schmachvoller Verbindung lebst und das Unheil nicht erkennst, worin du dich befindest." Ödipus, der trotz einer früheren verhängnisvollen Weissagung des delphischen Gottes die Wahrheit der eben vernommenen Worte in der That nicht begreifen konnte, hält sie für eine offenbare Lüge des angeblichen Sehers. Darum antwortet er zum dritten Male auf die feierliche Anklage des blinden Greises mit einer Drohung: „Glaubst du denn etwa, daß du auch dies immer ungestraft sagen wirst?" Und als Tiresias seine Zuversicht, daß er straflos bleiben werde, wie in V. 356, durch den Hinweis auf die Macht der Wahrheit begründet, antwortet er im heftigsten Zorn, die Wahrheit besitze zwar eine Macht, nur nicht für ihn; für ihn sei diese nicht vorhanden, da er ein mit völliger Blindheit geschlagener Mann sei. In der Schilderung dieser völligen Blindheit, die er als eine geistige und leibliche bezeichnet, kommt ein ἀπροσδόκητον zum Ausdruck, der im ersten Augenblick zwar befremden kann, der aber beweist, wie trefflich es der Dichter versteht, die Sprache der Leidenschaft nachzuahmen. Der zornerfüllte König, der dem verhaßten Seher den allerhöchsten Grad der Blindheit vorwerfen will, steigert den Begriff der geistigen Blindheit noch dadurch, daß er jenen nicht nur an seinem Geist, sondern auch an den Ohren blind sein läßt und daß er gerade dem vom Sprachgebrauch abweichenden Ausdruck „blind an den Ohren" die erste Stelle einräumt („da du blind an den Ohren und am Geiste, wie an den Augen bist").

In seinen von der heftigsten Leidenschaft ihm eingegebenen Worten hat Ödipus wieder die Wahr-

---

*) Andere Kritiker wollten λέγειν in λόγων oder in ἐλεῖν oder die beiden letzten Worte in πέτρᾳ ἔλεγον verändern.

**) Schmelzer, der von dem Abschnitt V. 354—380 behauptet, er sei ganz geeignet für Ödipus einzunehmen, spricht über die Frage des Tiresias in V. 364 das für diesen sehr ungünstige Urteil aus: „In gehässiger Weise gesteht er, daß er ihn noch mehr zu reizen wünsche."

heit und die Ehrfurcht vor dem Manne, dessen geistiges Schauen er selbst gerühmt hatte, so vollständig
verleugnet, daß man nicht ohne Bangen die Antwort des Sehers erwarten kann. Und wirklich deutet
dieser jetzt dem Herrscher mit kurzen Worten das Schreckliche an, was die nächste Zukunft über ihn
bringen wird. Er antwortet ihm zunächst: „Du Unglückseliger, der du gerade das mir vorwirfst, was
bald jeder von diesen dir vorwerfen wird." Nicht in leidenschaftlicher Aufwallung, nicht unerbittlich
grausam, wie Schmelzer meint, sondern in teilnehmender, wehmütiger Stimmung beantwortet er die
Schmähworte über seine Blindheit durch die noch unbeutliche Weissagung, daß der König noch an demselben Tage den Verlust seines Augenlichtes und die Entdeckung seiner geistigen Verblendung zu be-
fürchten habe. Ödipus faßt das Seherwort als eine Drohung seines Gegners auf und weist diese
mit den Worten zurück, die noch eine Steigerung seiner letzten Schmähung enthalten: „In ewiger
Nacht lebst du dahin, so daß du weder mir noch einem Andern, der das Licht schaut, jemals schaden
kannst." Tiresias fühlt sich durch diese verachtungsvollen Worte nicht persönlich gekränkt, aber die
Beleidigung seines Gottes und die trügerische Hoffnung, durch welche der Herrscher sich selber täuscht,
veranlassen ihn zur Verkündigung einer zweiten auf die Zukunft bezüglichen Wahrheit: „Es ist dir
ja nicht bestimmt durch mich zu fallen; denn mächtig genug ist Apollo, dem es obliegt dies auszuführen." Zum ersten Male nennt er den Gott, in dessen Namen er erschienen ist und dessen Walten
der unfromme Ödipus so gänzlich vergessen hat. Aber die ernste Mahnung an diesen Gott, der das
Amt hat die Wahrheit zu offenbaren, bringt dem energischen Mann, der nicht so leicht einen einmal
begonnenen Kampf aufgiebt, auch jetzt nicht zur Besinnung, zum Glauben an die Wahrheit des göttlichen Seherworts. Im Gegenteil, er wählt jetzt plötzlich das einzige Verteidigungsmittel, von dem
er nach seiner Meinung noch einen glücklichen Ausgang seines Kampfes erwarten kann. Die Erwähnung des Apollo hat ihn daran erinnert, daß Kreon den Spruch des Gottes überbracht und ihn zur
Berufung des Sehers aufgefordert hatte (vgl. V. 555 u. 556), und sofort spricht er nun den schon früher
(V. 357) in ihm erwachten Argwohn aus. Er fragt zunächst: „Hat Kreon oder hast du dieses erfun-
den?" und nach der kurzen Erwiderung des Tiresias: „Kreon ist für dich kein Unheil, sondern du
bist es für dich selbst" beginnt er eine längere Ansprache (V. 380—403), welche beweist, daß der
Dichter seinen Helden als einen Mann von ungewöhnlicher geistiger Begabung geschildert hat. Mitten
in der Aufregung eines Kampfes, in welchem für ihn alles auf dem Spiele steht, wirft er einen
sinnenden Blick auf die neiderfüllte Menschenwelt, und ohne die letzten so beherzigenswerten Worte
des Sehers zu beachten, spricht er die Klage aus, daß Reichtum, Herrschaft und überlegene Kunst
immer in dem Wettkampf des Lebens mit neidischen Blicken betrachtet werden. An diese Wahrheit,
die allerdings den Verdacht eines aus Neid entsprungenen Verrates unter Umständen rechtfertigen
kann, knüpft er dann die ganz unbegründete Beschuldigung, daß sein Schwager Kreon aus Neid und
Herrschsucht ihn vom Throne verdrängen wolle und deshalb den angeblichen Seher gegen ihn angestiftet
habe. Die Worte, mit denen er dies in sehr zuversichtlichem Tone wie eine ganz sichere Thatsache
ausspricht, erwecken besonders dadurch die Teilnahme des Hörers und Lesers, daß in ihnen auch die
Affekte, die des Königs Gemüt bewegen, in lebensvoller Weise sich äußern, sein Unmut über den
Undank, mit welchem ihm, dem Retter der Stadt, gelohnt wird, wenn man ihm die freiwillig über-
tragene Herrschaft entreißen will, seine Entrüstung über den angeblich treuen und von Anfang ihm

befreundeten Kreon, der jetzt, um König zu werden, ihn hinterrücks angreift und zu stürzen sucht, und vor allem sein Haß gegen den Seher, den er mit den Worten bezeichnet: „den ränkevollen Zauberer, den hinterlistigen Gaukler, der nur deutlich sieht, wie man Geld gewinnt, in seiner Kunst aber blind ist." Diese Lästerung sucht er dann durch die Thatsache zu begründen, daß Tiresias einst, als die Sphinx die Stadt bedrängte, weder von den Vögeln, noch von irgend einem der Götter etwas erfuhr, womit er die Stadt hätte retten können, und um den Vertretern des Volkes, vor denen er selbst angeklagt worden war, noch deutlicher zu zeigen, wie nichtig die Seherkunst seines Anklägers sei, stellt er der Thatsache, daß diese in der Not nicht helfen konnte, sein eigenes Verdienst, die Rettung der Stadt durch seine Klugheit, gegenüber. Mit stolzem Selbstgefühl fährt er nämlich fort: „Aber ich, der Ödipus, der (angeblich) gar nichts weiß, habe, sobald ich dahin kam, dem Ungeheuer ein Ziel gesetzt; durch meinen Verstand hatte ich bald die Lösung des Rätsels gefunden, nicht von den Vögeln hatte ich sie erfahren." Aber die Erwähnung seiner ruhmvollen That erinnert ihn wieder an den schmählichen Undank des Kreon und des Tiresias. Daher fügt er zu seinen früheren Schmähungen noch den schweren Vorwurf hinzu: „Und diesen Mann nun suchst du zu stürzen und aus dem Lande zu treiben, weil du glaubst, du werdest dann dem Throne des Kreon zunächst stehen." Die Entrüstung aber, mit der er von diesem angeblichen Frevel des Sehers spricht, reißt ihn jetzt am Schlusse seiner Verteidigungsrede wieder zu einer höhnischen Drohung fort: „Ich denke, büßen werdet ihr es, du und der Mann, der dies angestiftet hat, daß ihr so den Fluch bannen wollt." Ja er versichert sogar noch dem ehrwürdigen Seher, daß er nur wegen seines greisenhaften Aussehens mit der eigentlich verdienten Strafe verschont worden sei. So giebt er mit seinen letzten Worten dem Tiresias noch seine volle Verachtung zu erkennen, indem er ihn als einen bemitleidenswerten, hülflosen Greis bezeichnet.

Zum zweiten Male hat der König es versucht gegen die Enthüllungen des Sehers sich durch einen kecken Angriff zu schützen. Er hat den Tiresias und zugleich seinen Schwager Kreon eines empörenden Verrates, eines strafwürdigen Verbrechens gegen das Oberhaupt des Staates beschuldigt. Mit dieser vom Augenblick ihm eingegebenen schweren Anklage und ihrer ganz ungenügenden Begründung hat er von Neuem zwar die Gewandtheit und Erfindsamkeit seines Geistes, aber auch seine Unbesonnenheit und sein allzugroßes Vertrauen auf seinen Scharfblick, seinen Unglauben und besonders seine Selbstüberhebung bewiesen. Scheut er sich doch nicht das ehrwürdige Bild des Sehers, durch den Apollo sich offenbarte, in ein abschreckendes Zerrbild zu verwandeln. Und wie rühmt er dagegen sich selbst! Die glückliche Lösung des Sphinxrätsels stellt er nun als seine eigene ruhmvolle That, als ein glänzendes Zeugnis seiner Klugheit hin, während Tiresias sie in B. 442 als ein ihm beschiedenes Glück bezeichnet und das Volk nach der Versicherung des Priesters in B. 338 u. 339 von ihm glaubt und sagt, daß er unter dem Beistande eines Gottes die Stadt wieder aufgerichtet habe. Und endlich, welche Selbstüberhebung beweist er dem von Phöbus gesandten Seher gegenüber in den drohenden und verachtungsvollen Schlußworten seiner Rede! Aber bei der dankbaren Verehrung, mit welcher die Bürger Thebens ihm bisher ergeben waren, ist es doch nicht zu verwundern, daß seine im Tone tiefster Überzeugung ausgesprochenen Worte und besonders die beiden unleugbaren Thatsachen, an die er erinnert, auf die anwesenden Vertreter des Volkes Eindruck machen. Daß dies wirklich der Fall war, beweisen die folgenden Worte des Chors. Denn an dieser Stelle läßt der Dichter einmal den Chor in die Unterredung des Königs und des Sehers eingreifen, nicht etwa, um anzudeuten, daß Tiresias nicht gleich das passende Wort zur Erwiderung finde (Schmelzer), sondern weil er zeigen wollte, welche Wirkung die Worte des Königs bei den Bürgern hervorbrachten, und weil es wahrscheinlich ist, daß der Chor, der vermitteln und die Gemüter beschwichtigen will, rascher das Wort ergreift, als Tiresias, der auf die verleumderische Anklage und das Selbstlob des Königs furchtbar ernste Worte zu erwidern hat. Der Chor spricht bescheiden die Ansicht aus, daß des Sehers Worte und ebenso auch die des Königs im Zorn gesprochen seien, und erinnert dann an ihre eigentliche Aufgabe zu erwägen, wie sie den Spruch des delphischen Gottes am besten befolgen könnten. Dieser wohlgemeinte Vermittlungs=versuch beweist ebenso wie die zweite Strophe und Gegenstrophe des folgenden Chorgesangs (V. 484—511), wie schwer es den anwesenden Bürgern Thebens fällt an eine Schuld ihres um die Stadt hochverdienten, volksfreundlichen Königs zu glauben. Sie wünschen, daß die Enthüllungen des Sehers nicht ernstlich gemeint, nicht wahr sein möchten, und der letzten Rede des Ödipus ist es gelungen, auch ihr unbe=dingtes, ehrfurchtsvolles Vertrauen zu dem Wissen und den Worten des Sehers (V. 284—286 und V. 297—299) zu erschüttern. So scheuen sie sich denn nicht das, was Tiresias im Auftrage seines Gottes verkündigt hat, als Eingebungen des Zornes zu bezeichnen. Sie sehen in ihm nicht mehr den über Leidenschaft und Zorn erhabenen, ehrwürdigen Vertreter und Boten des delphischen Gottes, und der Zusammenhang zwischen dem in Delphi ihnen erteilten Götterspruch und den furchtbaren Seher=worten des Tiresias ist ihnen verborgen. Sie halten es daher für nötig an die Ausführung des göttlichen Befehls zu erinnern, als Phöbus selbst schon durch seinen Diener den unglückseligen Mörder des Laios hatte entdecken lassen.

Der ungerechte Tadel, den der Chor über die Worte des Tiresias ausspricht, konnte dem König nur erfreulich sein. Sah er doch, daß die Bürger trotz ihrer bisherigen Ehrfurcht vor dem Seher nicht gleich dessen Partei ergriffen und von ihrem Könige sich abwandten. Einen Augenblick konnte er noch hoffen, daß er in dem verhängnisvollen Kampfe mit dem greisen Seher siegen werde. Tiresias beachtet nicht den unwahren Vorwurf, welchen der dem König noch treu ergebene Chor gegen ihn aus=sprach. Aber für die Auffassung seines Charakters und seines Verhaltens hatten jene Worte ebenso, wie die falsche Lesart in V. 337, die nachteilige Folge, daß man bis zum heutigen Tage sich den ehrwürdigen greisen Seher während seiner Unterredung mit Ödipus in heftiger leidenschaftlicher Er=regung denkt.

Mit der vergeblichen Einmischung des Chores in die Unterredung der beiden von allen hoch=verehrten Männer endet der zweite Abschnitt der Tiresiasscene, der die ersten schrecklichen Enthüllungen des Sehers enthält, aber, wie die letzten vier Verse (V. 404—407) beweisen, noch zu keiner Ent=scheidung führt.

In dem nun folgenden letzten Abschnitt (V. 408—462) ist der Wortkampf zwischen dem König und dem Seher nur auf 18 Verse beschränkt (V. 429—446). Vorher aber und nachher vollendet Tiresias in längerer zusammenhängender Rede, in V. 408—462 und 447—462, seine furchtbaren Enthüllungen über den scheinbar glücklichen Herrscher, und dieser giebt wie betäubt von den Schreckens=worten des Sehers für den Augenblick wenigstens den Kampf gegen den verhaßten Unglückspropheten auf.

Die erste längere Rede des Tiresias, die auf die wohlgemeinten, aber ungerechten und unnötigen Worte des Chores folgt, ist eine Antwort auf die unerhörten Beschuldigungen, die der König gegen ihn ausgesprochen hatte, um sein hohes Ansehen bei den Bürgern Thebens zu vernichten. Aber so schwer er auch in seiner Würde als Seher und in seiner Bürgerehre gekränkt worden war, so verrät doch seine Erwiderung durchaus nicht eine heftige leidenschaftliche Erregung seines Gemütes. Er ergreift ja nicht das Wort als ein Privatmann, der seine persönliche Ehre gegen schmähliche Verleumdungen zu verteidigen sucht, sondern als Vertreter des Gottes Apollo, und er weiß seine hohe Würde zu wahren. Dem Herrscher gegenüber nimmt er zuerst das Recht für sich in Anspruch gleiches zu erwidern. Und zur Begründung dieses Rechtes beruft er sich zum ersten Male bestimmt und deutlich auf seine Verbindung mit dem Gott Apollo: „Denn ich bin ja nicht dein Diener, sondern der des Loxias (des redenden, verkündenden Gottes) und brauche daher nicht den Kreon als meinen Schutzherrn anzuerkennen. Nach diesem Selbst= bekenntnis, dessen Wahrheit durch das ganze bisherige Leben des Sehers bestätigt wurde, erschien er dem gläubigen Griechen trotz seines körperlichen Gebrechens als ein erhabener, gottgeweihter Mann, dem man unmöglich zutrauen konnte, daß er aus Ehrgeiz und Gewinnsucht erlogene Seherssprüche verkünden werde. Jene wenigen inhaltsschweren Worte hält daher der ehrwürdige Seher für genügend, um die klug erdachte und beredt vorgetragene Fabel von einer Verschwörung des Kreon und des Sehers zum Sturze des Königs Ödipus als durchaus unwahr und nichtig zu erweisen. Daß er aber wirklich ein Diener des Gottes ist, der die verborgene Wahrheit an das Licht bringt, beweist er sogleich durch die That; er fährt nach dem Willen seines Gottes, dessen Strafe der ganz verblendete König von neuem herausgefordert hatte, in der Verwaltung seines traurigen, aber erhabenen Amtes fort. Und da Ödipus in einer wohlberechneten, zusammenhängenden Rede seine frevelhafte Anklage erhoben hat, muß er jetzt zum ersten Male einen längeren, ausführlichen Seherspruch über seine Unthaten und sein Un= glück vernehmen. Diese erste zusammenhängende Unheilsverkündigung, die sich an den Inhalt der vorhergehenden Rede des Ödipus anschließt, ist noch keine unverhüllte Offenbarung der grauenvollen Wahrheit; rätselhaft und unverständlich (vgl. V. 439) mußte vieles noch dem König selbst und den anwesenden Bürgern erscheinen. Den Anfang seiner neuen Enthüllung knüpft Tiresias an zwei That= sachen an, von denen er nur die eine ausdrücklich erwähnt. König Ödipus hatte in seiner letzten Rede in V. 389 behauptet, daß der angebliche Seher blind in seiner Kunst sei, und schon vorher hatte er ihn in V. 370 u. 371 als einen völlig blinden Mann verspottet. Sich selbst aber hatte er wegen des Scharfblicks gerühmt, den er bei der Lösung des Sphinxrätsels bewiesen. Daher hält er ihm zunächst seine geistige Verblendung mit den Worten vor: Da du aber meine Blindheit geschmäht hast, so sage ich dir: „Mit offnen Augen siehst du nicht das Unheil, in welchem du dich befindest, nicht wo du wohnst und mit wem du zusammen lebst. Weißt du denn, von wem du stammst? Es ist dir verborgen, daß du den deinen dort in der Unterwelt und oben auf der Erde verhaßt bist." Die Aufzählung dessen, was der auf seinen Scharfsinn stolze König nicht sieht, wird plötzlich durch eine direkte Frage unterbrochen, die ihn mit Staunen und Schrecken erfüllen muß. Hatte er doch vor Jahren schon selbst die Frage, wessen Sohn er sei, vergeblich an den delphischen Gott gerichtet. Und entsetzlich ist der Inhalt des folgenden Satzes, mit welchem der Seher seine Frage selbst beant= wortet. Aber schrecklicher noch ist, was er dann noch von der Zukunft ihm verkündet: „Und der furchtbare Doppelfluch einer Mutter und deines Vaters wird dich aus dem Lande treiben, dich, der jetzt zwar sichtbare Dinge*) sieht, nachher aber nur Finsternis." Diese erschütternde Weissagung ist zugleich eine Antwort auf die unwahre Behauptung des Ödipus, daß Tiresias ihn aus dem Lande zu treiben suche (V. 399). Nicht den friedlichen Seher, den schwachen Greis hat der König zu fürchten. Als der fluchbeladene Mörder seines Vaters Laios muß er das Land verlassen, und der Fluch seiner Mutter Jokaste wird bewirken, daß er sich selbst des Augenlichts beraubt. Auf diese prophetische Verkündigung des Unglücks, das über ihn hereinbrechen wird, folgt dann ganz passend der Gedanke, daß dann überall, im Gebirge und am Meeresstrande, seine Klage ertönen werde. Dieser Gedanke, mit dem zugleich auf die Drohung in der letzten Rede des Ödipus geantwortet wird: „Weinend werdet ihr .... den Fluch bannen (V. 401—403), ist nun noch mit vier Versen verbunden, die rätselhafte Andeutungen über die Ehe und über die Kinder des Königs enthalten und die, wie ich glaube, durch zwei falsche Lesarten entstellt sind. In dem überlieferten Texte bildet nämlich das eigentliche Objekt von καταίσθῃ einen zu τὸν ὑμέναιον hinzugefügten Relativsatz, und auf die pathetische Frage der Verse 420—423, die den Sinn hat: Wo wird nicht deine Klage ertönen, wann du deine Unglücksehe erkennst? folgt plötzlich ein an dieser Stelle unpassender Aussagesatz: „Auch eine Fülle andren Unheils merkst du nicht u. s. w." Verwandelt man nun aber ὄν in V. 422 in ὅτι, das Fragezeichen in V. 423 in ein Komma und οὐκ in οὖν, so gewinnt man eine aus sechs Versen bestehende tabellose Periode: „Und welche Bucht, welcher Teil des Kithäron wird nicht von deinem Wehegeschrei wiederhallen, wenn du erkannt hast, daß du mit deinem Lebensschiff in eine für dein Haus gefährliche Ehe eingelaufen bist nach einer glücklichen Fahrt, und wenn du nun auch die vielen andern Übelthaten erkennen wirst, welche dich dir und deinen Kindern gleich machen werden?"

Die geheimnisvollen Worte des letzten Verses bedürfen keiner Änderung (σῷ τοκεῖ καί statt σοί τε καί τοῖς); sie lassen sich erklären und rechtfertigen, wenn man nur annimmt, daß mit σ' der Ödipus, der das Haupt der königlichen Familie ist, mit σοί aber der von Jokaste geborene Ödipus angeredet wird. Freilich der scharfsinnige Rätsellöser, der noch nicht wußte, von wem er abstammte, vermochte den Sinn der dunklen Seherworte damals noch nicht zu enträtseln. Aber der Diener des Lorias fügt jetzt am Schlusse seines Seherspruches auch noch wohlverständliche Worte hinzu. Zuerst unterbricht er scheinbar seine Weissagung mit der Mahnung: „Daraufhin, d. h. in Folge dieser meiner Unheilsverkündigung magst du den Kreon und mein Seherwort verlästern." Mit diesen Worten erinnert er noch an den Hauptinhalt der frevelhaften Rede, die er mit einer neuen Enthüllung beantwortet hat, und über die von Ödipus so beredt begründete Anklage spricht er ein wahres und gerechtes Urteil aus, indem er sie als eine Verlästerung des Kreon und seines Seherwortes bezeichnet. Zugleich aber will er dem König mit jenen Worten sagen, daß alle die Schmähungen und Lästerungen, mit denen er sich zu verteidigen suchte, ihn doch nicht vor dem drohenden unabänderlichen Verhängnis schützen können. Daher faßt er jetzt nochmals alles Schreckliche, was ihm bevorsteht, in dem herzerschütternden

---

*) Ich vermute, daß Sophokles nicht ὄρθ', wie überliefert ist, sondern ὁρᾷτ' geschrieben hat. Denn unmöglich kann Tiresias vom König sagen, er sehe jetzt zwar richtig, nachdem er einige Zeilen vorher ihm erklärt hat, daß er in Beziehung auf sich selbst gar nichts sehe, daß er in arger Verblendung dahin lebe.

Schlußwort zusammen: „Denn niemals giebt es einen Sterblichen, der schlimmer vernichtet werden wird, als — du!"

Als der Seher endlich schweigt, macht der unglückliche König seinem von heftigstem Zorn und bangem Entsetzen erfüllten Herzen mit der Frage Luft: „Kann man es denn nur ertragen, solche Reden von diesem Menschen anzuhören?" Dann aber fordert er in furchtbarer Erregung mit kurzen abgerissenen Sätzen den verhaßten Seher auf sich sofort zu entfernen: „Zur Hölle mit dir! Wirst du nicht augenblicklich —? Willst du nicht wieder diesem Hause den Rücken kehren und zurück in deine Wohnung gehen?" Schon diese heftige und schroffe Antwort des Herrschers kündigt seine bevorstehende Niederlage im Kampf gegen den delphischen Gott und gegen das unerbittliche Verhängnis an. Er vermag nicht die Wahrheit der entsetzlichen Seherworte zu bestreiten oder einen neuen Argwohn gegen den ehrwürdigen Diener des Prophetengottes zu erregen. Er möchte nur Ruhe haben vor dem schrecklichen Manne, der als Bote einer strafenden Gottheit, als Werkzeug eines feindseligen Schicksals ihm gegenübersteht. Sein Anblick, seine Nähe ist ihm unerträglich. Tiresias aber gehorcht nicht sofort seinem dreimaligen Befehl sich zu entfernen; er erwidert ruhig: „Ich wäre ja nicht hierher gekommen, wenn du mich nicht hättest rufen lassen." Und nun macht der König nicht etwa von seiner Herrschergewalt Gebrauch. Er scheut sich an dem Diener des Loxias sich zu vergreifen; er wagt es nicht ihn durch seine Diener nach Hause oder in ein Gefängnis fortführen zu lassen. Er läßt sich vielmehr wieder in einen Wortwechsel mit dem greisen Seher ein, um ihn von neuem mit bitteren Worten zu kränken. Er antwortet dem Tiresias: „Ich wußte ja gar nicht, daß du so thöricht schwätzen würdest, sonst hätte ich dich schwerlich zu meinem Hause beschieden." Sobald er von seinem Schrecken sich erholt hat, spricht er wieder eine Schmähung gegen den Boten des Apollo aus, die einen neuen unheilvollen Seherspruch veranlaßt. Die Antwort des Tiresias in V. 435—436 bereitet diesen dadurch vor, daß er die Eltern des Ödipus erwähnt: Ich bin zwar nach deiner Meinung thöricht, aber deinen Eltern galt ich als einsichtsvoll." Aus diesen Worten erfährt der König plötzlich, daß der blinde Greis, der vor ihm steht, seine Eltern kannte und deshalb ihm das Rätsel seines bisherigen Lebens zu lösen vermag. Diese unerwartete Entdeckung versetzt wieder sein Gemüt in die größte Aufregung. Er antwortet voll Eifer und Hast: „Wer sind diese? Bleibe! Wer von den Sterblichen hat mich erzeugt?" Den Seher, dem er eben erst so ungestüm und schroff befohlen hatte, sogleich fortzugehen, bittet er im nächsten Augenblicke, daß er bleiben möge. Man sieht, daß der so entschiedene und thatkräftige Herrscher besonders in Folge der letzten furchtbaren Enthüllung den inneren Halt verloren hat. Auch die Antwort des Tiresias auf die wichtige Frage, die ihn bisher durch das Leben begleitet hat, bringt wieder einen Wechsel der Stimmung bei ihm hervor. Er erhält durch sie nicht die langersehnte Auskunft über seine Eltern. Tiresias überrascht ihn mit einem Seherspruch, der sich nicht auf die Vergangenheit, sondern auf den gegenwärtigen Tag bezieht: „Der heutige Tag wird dich erzeugen (d. h. dich zum Königssohn von Theben machen) und dich zu Grunde richten." Das Verständnis dieser Weissagung wird durch den uneigentlichen Gebrauch des Wortes $\varphi \acute{u}\sigma\epsilon\iota$ und durch seine Verbindung mit dem entgegengesetzten Begriffe $\delta\iota\alpha\varphi\vartheta\epsilon\rho\epsilon\tilde{\iota}$ erschwert. Aber doch blieb dem Ödipus wohl nicht verborgen, daß ihm mit jenen Worten eine Aufklärung über seine Geburt und zugleich das Herannahen eines schweren Verhängnisses als unmittelbar bevorstehend angekündigt wurde. Und zum ersten Male nimmt er ruhig, ohne Schmähworte und Drohungen hin, was der blinde Greis kraft göttlicher Vollmacht ihm eröffnet hat. Er bedauert nur die Form seines Seherspruches mit den Worten: „Wie redest du doch stets allzu rätselhaft und dunkel!" Zu diesem Ausrufe veranlaßt ihn jedenfalls sein Wunsch den Sinn der letzten Weissagung ganz zu verstehen. Er erkennt demnach die hohe Bedeutung der Aussprüche des Tiresias endlich an. Zugleich aber bekennt er von sich, daß er doch nicht Scharfsinn genug besitze, um die Rätselsprache des weisen Sehers zu verstehen. Aber die erste Regung eines demütigen Sinnes ist bei dem selbstbewußten Manne nur von kurzer Dauer und ohne bleibende Wirkung. Eine Frage des Sehers genügt, um den Stolz auf seinen Scharfsinn in seinem Gemüte wieder zu erwecken. Tiresias macht jetzt noch einen Versuch, ob er den König von der Selbstüberschätzung zu heilen vermag, welche die Ursache seiner unfrommen Selbstüberhebung und Verblendung war. Nachdem dieser also zugestanden hat, daß ihm die Ausdrucksweise des Sehers zu rätselhaft und dunkel sei, fragt er ihn: „Verstehst du dich denn nicht sehr gut darauf, solche Rätsel zu lösen?" Diese Frage tadelt Schmelzer als einen bitteren Hohn, als höhnenden Hinweis auf eine That, die Hohn und Schimpf nicht verdient habe. Ich betrachte sie zunächst als eine nicht zu harte Strafe für den Übermut, mit welchem Ödipus die Unfähigkeit, ja völlige geistige Blindheit des Sehers verspottet und den von ihm bewiesenen Scharfblick seines Geistes gerühmt hat (V. 390—400), dann aber auch als eine Prüfung der überraschenden Bescheidenheit, mit welcher der selbstbewußte Herrscher die Sprache des Tiresias als allzu dunkel und rätselhaft bezeichnet hat. Diese Prüfung hat aber kein günstiges Ergebnis. Der König antwortet: „O schmähe nur an mir das, worin du groß mich finden wirst!" Und nun offenbart ihm der Diener des Apollo auch die Wahrheit über die That, welche der Stolz und der Ruhm seines bisherigen Lebens war: „Doch gerade dieses glückliche Gelingen hat dich in's Verderben gestürzt." Diese Erinnerung an das Glück, das dem Ödipus bei der Rettung des Landes beschieden war, soll ihm zum Bewußtsein bringen, daß er sein eignes Verdienst und den Scharfblick seines Geistes überschätzt habe. Aber die Antwort des Sehers ist doch auch geeignet, unser Mitgefühl für den unglückseligen Herrscher zu erwecken. Denn durch die Nebeneinanderstellung der beiden entgegengesetzten Begriffe ἡ τύχη und διώλεσεν (dich hat dieses dein Glück zu Grunde gerichtet) wird gerade das tragische Geschick des Ödipus, der Kontrast zwischen seinem großen Glück und der traurigen Wirkung, die es für ihn hatte, recht nachdrucksvoll hervorgehoben. Und nun zeigt der Dichter auch noch, daß König Ödipus, dessen Verhalten in dieser Scene einen überwiegend ungünstigen Eindruck machen muß, doch auch wegen seiner edlen Gesinnung unsres Mitgefühls wirklich würdig ist. Er läßt noch einmal den uneigennützigen volksfreundlichen Sinn des Ödipus, seinen reinen Eifer für das Wohl des Staates hervortreten. Denn dieser giebt auf die Versicherung des Sehers, daß sein Glück ihm das Verderben gebracht habe, die hochherzige Antwort: „Aber wenn ich nur die Stadt gerettet habe, so kümmert mich mein Schicksal nicht." Mit Recht sagt Schmelzer, daß dieses Wort den König auf seiner sittlichen Höhe zeigt. Auch Tiresias erkennt schweigend die ehrenwerte Gesinnung an, von der dieses Selbstbekenntnis des Herrschers Zeugnis giebt. Er bestreitet auch nicht die Thatsache, daß Ödipus die Stadt gerettet hat. Ohne ein Wort auf die letzte Äußerung des Königs zu erwidern, sagt er ruhig: „Ich gehe nun also fort, und du, o Knabe, führe mich!" Aber leider darf er nicht unangefochten und ungekränkt sich zurückziehen. Der König, der infolge seiner leidenschaftlichen Erregung rasch von seiner sittlichen Höhe herabsinkt, giebt ihm noch einige bittere Abschiedsworte mit auf den Weg: „Ja lasse dich nur fortführen! denn so lange du hier bleibst, bist du mir im Wege und ein Ärgernis, eilst du aber fort, so kannst du mich wohl nicht weiter kränken." So hat er also die stille Scheu vor dem Diener des Orakelgottes doch wieder überwunden. Er sieht in ihm nur einen Menschen, der ihn durch selbsterfundene Seher= sprüche quälen möchte. Der Unglückselige ahnt nicht, daß er durch die Abwesenheit des Sehers nicht vor dem unsichtbaren Walten des Gottes Phöbus geschützt wird; er ahnt auch nicht, daß er für die Schmach, die er jetzt wieder dem Vertreter dieses Gottes vor seinem Scheiden zufügt, sofort mit der furchtbarsten aller Enthüllungen bestraft werden wird. Tiresias erwidert ruhig: „Ich gehe fort, da ich das gesagt habe, weshalb ich gekommen bin, nicht weil ich dein Antlitz fürchte (d. h. weil ich mich scheue dir gegenüberzustehen); denn nirgends kannst du mich verderben." Staunend vernehmen wir aus dem Munde des blinden Greises diese bei aller Einfachheit erhabenen Worte, die uns beweisen, wie das Bewußtsein in dem Dienste und unter dem Schutze einer göttlichen Macht zu stehen von jeder Menschenfurcht befreit. Aber als Eingangsworte der letzten niederschmetternden Enthüllung passen sie eigentlich nicht recht, weil man nach der Erklärung des Tiresias, er habe das, was er sagen wollte, gesagt, nicht sofort eine mit λέγω δέ σοι beginnende neue Offenbarung von ihm erwarten kann. Ich vermute daher, daß nach V. 448 ein Vers ausgefallen ist, in welchem Ödipus auf die letzten Worte des Sehers erwidert: „Ich will dich auch gar nicht vernichten, da ich dich von ganzem Herzen ver= achte." Daß nach Einschaltung eines Verses nach V. 448 der Dialog zwischen den beiden längeren Sehersprüchen des Tiresias aus sieben Abschnitten von je drei Versen besteht, von denen der mittlere, der die Weissagung über den heutigen Tag enthält, den Höhepunkt der Unterredung bildet, will ich nur erwähnen, ohne auf diese Wahrnehmung irgend Wert zu legen. Jedenfalls aber würde die nun folgende letzte Enthüllung des Sehers besser motiviert sein, wenn eine trotzige und verachtungsvolle Antwort des Königs auf die Worte οὐ γὰρ ἔσθ᾽ ὅπου μ᾽ ὀλεῖς vorherginge. Tiresias erklärt dem König jetzt nicht mit rätselhaften Worten, sondern klar und bestimmt: „Der Mann, den du schon lange suchst unter Androhung des Fluches und mit einem öffentlichen Aufruf wegen der Ermordung des Laios, der Mann ist hier, angeblich ein eingewanderter Fremdling, nachher aber wird sich zeigen, daß er ein geborener Thebaner ist. Und er wird sich über sein — Mißgeschick nicht freuen; denn als ein blinder Bettler wird er, der jetzt noch sieht und reich ist, mit dem Stabe vortastend in die Fremde wandern. Aber es werden auch die Greuel seines Familienlebens an das Licht kommen; er wird als der Mitgatte und als der Mörder seines Vaters Laios erkannt werden." Dieser letzte furchtbare Seherspruch des Tiresias ist vollständiger und viel deutlicher, als seine erste zusammenhängende Offenbarung (V. 412—428). Er ist nicht, wie diese, eine Antwort auf eine längere Rede des Königs und in Folge davon in Beziehung auf Inhalt und Form selbständiger. Endlich aber unterscheidet er sich von den früheren Enthüllungen dadurch, daß von dem Unglücksmanne, der den Laios gemordet hat, in der dritten Person gesprochen wird. Der Seher zeigt dem mächtigen Gebieter von Theben wie in einem Spiegel das Bild eines fluchbeladenen Mannes, das er nur mit Schaudern betrachten kann, in dem er aber doch sein eignes wahres Bild erkennen soll. Ödipus hat wohl nicht, wie Schmelzer meint, die ganze grausige Enthüllung schweigend angehört. Denn in der folgenden Scene findet sich nirgends ein Wort, aus welchem man dies schließen könnte. Er ist in Beziehung auf seine Familien=

verhältnisse sorglos und frei von jeder bösen Ahnung; er fürchtet nur, daß er der Ermordung des Königs Laios überführt werden könnte. Da er nun aber nach den letzten kränkenden Worten, die er nach dem überlieferten Texte zu Tiresias spricht (V. 445 u. 446), keinen Grund hat, sich zurück= zuziehen, so wird man annehmen müssen, daß er nach dem Beginne der ganz unerwarteten neuen Enthüllung über den Mörder des Laios, etwa nach V. 461, voll Entrüstung und Angst sich entfernt, um sich nicht länger durch den schonungslosen Angriff des Sehers quälen zu lassen. Diese Vermutung wird nicht etwa durch die Schlußworte des Tiresias widerlegt. Denn da dieser blind ist, konnte er auch nach der Entfernung des Königs noch ihm zurufen: „Nun gehe hinein und erwäge diese Worte! Und findest du, daß ich gelogen habe, dann sage, daß ich gar nichts von der Seherkunst verstehe!" Mit diesen Worten bekräftigt er noch einmal die Wahrheit seiner unheilvollen Verkündigung, zugleich aber tadelt er in der Form einer bedingten Mahnung (vgl. V. 364, V. 426 u. 427) den argen Frevel, den Ödipus durch die Verhöhnung seiner Seherwürde begangen hat. Eine Antwort erhält er nicht auf seine furchtbaren Abschiedsworte. Der Orakelgott, der ihn gesandt hatte, hat den redegewandten und kampflustigen König von Theben zum Schweigen gebracht.

Die so erregte Scene, die mit den letzten Worten des Tiresias endet, gehört ohne Zweifel zu den wichtigsten Abschnitten der ganzen Tragödie. Die vorhergehenden Scenen sind wohl geeignet, die Teilnahme der Zuschauer für die dramatische Handlung und ihr lebhaftes Interesse für den Helden des Stückes zu erwecken. Wir freuen uns, daß dieser väterlich waltende Fürst seinem Volke in der großen Not, in die es durch eine Seuche und durch Mißwachs geraten war, so weit es ihm möglich ist, zu helfen wünscht, und daß er deshalb die von dem delphischen Gott befohlene Erforschung des Mörders des früheren Königs Laios mit großem Eifer unternimmt. Die auf das Einzugslied des Chors folgende Scene zeigt uns dann, wie der König durch eine energische öffentliche Erklärung vor den Vertretern der Bürgerschaft den ersten Schritt zur Erreichung seines Zieles thut. Die nächste Scene aber bereitet uns auf seinen zweiten Schritt, die Befragung des blinden Sehers Tiresias, vor. Wir zweifeln nicht, daß es dem eifrigen König mit Hülfe des Sehers gelingen wird, den verborgenen Mörder zu entdecken. Mit Spannung sehen wir der weiteren Ent= wicklung der Handlung entgegen. Aber kaum hat der König den ehrfurchtsvoll begrüßten Greis in= ständig um seine Hülfe gebeten, so erweckt der doppelte Weheruf, mit dem dieser seine Antwort ein= leitet, in uns die Besorgnis, daß mit seinem Erscheinen ein Unglück für den scheinbar glücklichen König sich zu entwickeln beginnt. Und in der That erhält die dramatische Handlung durch die Tiresiasscene plötzlich einen tragischen Charakter; der von seinem Volke verehrte König, von dem auch wir eine sehr günstige Meinung gewonnen haben, wird nach dem Auftreten des Sehers ein tragischer Held, und die Zuschauer werden um seinetwegen von Bangen und Mitleid ergriffen, sie werden auf einmal in eine tragische Stimmung versetzt, die sie bis zum Ende der Tragödie kaum einen Augenblick verläßt. Die Veränderung, die durch die Verhandlung des Sehers mit dem König bewirkt wird, ist von den Kontrasten, an welchen diese Tragödie reich ist, wohl einer der gewaltigsten. Sein Unglück beginnt mit der verhängnisvollen Erregung, in welche sein patriotisches und zugleich sehr leidenschaftliches Gemüt durch das Schweigen des Tiresias versetzt wird. Der Zorn verblendet und verwirrt den Geist des klugen und wohlwollenden Mannes so sehr, daß er den Seher, den er in den V. 300 u. 301

voll Verehrung als den weisesten der Weisen angeredet hat, schon in V. 334 den schlechtesten der Schlechten nennt. Mit Bangen und Mitleid blickt schon jetzt der Zuschauer auf den trefflichen Fürsten hin, an dessen Beispiel der Dichter in erschütternder Weise die verderblichen Wirkungen des Zornes zeigt. Sein Zorn giebt ihm nicht nur Schmähworte und Drohungen, sondern auch verleumberische Anklagen gegen den untadeligen und ehrwürdigen Diener des Apollo ein, und so beginnen denn durch seine Schuld nach dem Willen des Gottes die entsetzlichen Enthüllungen des Sehers, durch welche allmählich der ungeheure Kontrast zwischen dem glänzenden Schein und der grauenvollen Wirklichkeit in seinem Leben aufgedeckt wird. Aber gleich nach den ersten Seherspüchen des Tiresias unternimmt der energische König einen heftigen, aber vergeblichen Kampf gegen die für ihn verhängnisvolle Wahrheit und den Gott Phöbus, der sie offenbart. Denn daß der mächtige Herrscher in diesem Kampfe gegen eine höhere Macht nicht siegen wird, beweist uns die Tiresiasscene, die uns jenen Kampf in seinem ersten heftigsten Stadium vorführt. Eine traurige Folge aber hat für ihn sein leidenschaftlicher Widerstand gegen den bisher wohlwollenden Tiresias. In wenigen Minuten ist die tiefe Verehrung, mit welcher er ihn angeredet hat, in Haß und Verachtung verwandelt; völlige Entzweiung und Feindschaft tritt an die Stelle des freundschaftlichen Verhältnisses, in welchem er bisher zu dem von allen verehrten und wohl auch gefürchteten Greise stand. Und noch einen anderen Verlust fügt er sich selbst durch die schmähliche Verdächtigung seines Schwagers Kreon zu. Er beraubt sich eines treuen, biederen Freundes, eines verständigen Ratgebers, indem er den ganz unbegründeten Argwohn ausspricht, daß Kreon ihm heimtückisch die Herrschaft zu entreißen suche. So hat sich die Stellung des Königs in Theben plötzlich durch die eine Scene in bedauerlicher Weise verändert, wenn auch das dankbare Vertrauen der angesehenen Bürger zu ihrem König, wie der folgende Chorgesang (V. 504 — 511) zeigt, noch nicht geschwunden ist. Aber viel schlimmer, als die ganz unerwartete Trübung seines guten Einvernehmens mit den beiden Fürsten, die ihm bisher treu zur Seite standen, ist die große Gefahr, von welcher er plötzlich sich bedroht sieht. Der König, der bis jetzt sich im Besitze seiner Herrschaft so sicher fühlte, der durch seine Verdienste und seinen Ruhm, durch das Vertrauen seines Volkes und seine Macht selbst vor jeder schlimmen Beschuldigung geschützt zu sein glaubte, wird auf einmal von dem einflußreichsten Bürger Thebens schwerer Frevel angeklagt, er soll vom Thron gestürzt und als fluchbeladener Missethäter aus dem Lande getrieben werden. Er selbst erkannte noch nicht die ganze Größe des Unglücks, das ihm drohte, weil er in dem Seher, der es ihm verkündigt hatte, nicht einen unbestechlichen Zeugen der Wahrheit, sondern nur einen gewöhnlichen, auch der Lüge fähigen Menschen sah. Aber die Zuschauer, die an die göttliche Sendung des ehrwürdigen Greises glaubten, waren schon während der letzten Enthüllungen des Ödipus überzeugt, daß der bisher immer glückliche Herrscher vom Schicksal bestimmt war, der unglücklichste aller Menschen zu werden. Der Dichter hat ja in der Tiresiasscene gleich beim Beginn der tragischen Verwicklung das ganze jammervolle Geschick, das den Helden der Tragödie treffen wird, durch den Vertreter einer göttlichen Macht verkündigen lassen. Und gerade diese Thatsache trägt wesentlich dazu bei die tragische Stimmung der Zuschauer zu steigern und zu vertiefen. Da sie den untrüglichen Seherworten Glauben schenken, betrachten sie den Helden des Dramas mit dem innigsten Mitgefühl, den sie unmittelbar vor dem verhängnisvollen Wechsel seines Geschicks doch in seiner argen Verblendung, in seinem Herrscherstolz und seinem ungerechten

Argwohn beharren sehen, und wenn sie auch den schrecklichen Ausgang der dramatischen Handlung gleich nach den ersten Scenen voraussehen, so vermag doch die Frage, auf welche Weise die Entdeckung der verborgenen Unthaten des Ödipus erfolgen, wie sein grauenvolles Geschick sich erfüllen wird, die Gemüter der Zuschauer und Leser in erwartungsvolle Spannung zu versetzen. Und welch tiefen Eindruck muß dann auf sie die Thatsache machen, daß die Wahrheit dessen, was der Seher verkündigt hat, so überraschend schnell, wie durch höhere Fügung, in vollem Maße bestätigt wird!

Wie auf die Stimmung der Zuschauer, so hat die Tiresiasscene auch einen wesentlichen Einfluß auf die weitere Entwicklung des Dramas. Um dies zu erkennen, wollen wir noch einen Blick auf die nächsten Scenen werfen. Es folgt zuerst ein Chorlied, das in seinem ersten Strophenpaar (V. 463—481) die Überzeugung ausspricht, daß der Mörder des Laios dem Strafgericht der Götter nicht entrinnen werde, in dem zweiten aber (V. 482—511) dem Schrecken der Bürger über die Aussprüche des Sehers und ihrer treuen Anhänglichkeit an ihrem in der Not bewährten König Ausdruck giebt. Plötzlich aber erscheint der angebliche Hochverräter, Fürst Kreon, voll Entrüstung über den vom König geäußerten Verdacht, und während dieser noch den Chor über die ihm unerträgliche Beschuldigung befragt, kommt Ödipus selbst aus dem Palaste und tritt seinem Schwager mit einer leidenschaftlichen Heftigkeit entgegen, in der sich die furchtbare Aufregung seines Gemütes kundgiebt. So folgt denn auf die Tiresiasscene eine ebenfalls sehr erregte Verhandlung des Königs mit Kreon. Der in seiner Ehre schwer gekränkte Mann muß natürlich Gelegenheit erhalten, sich gegen die ganz ungerechte Anklage zu verteidigen, und dem Charakter und der aufgeregten Stimmung des Ödipus entspricht es, daß er den Kampf gegen die in göttlichem Auftrag ihm verkündigte Wahrheit noch fortsetzt. Er ist überzeugt, daß seine Verbannung aus dem Lande und sein Verderben nur dadurch verhindern kann, daß die Verurteilung des Kreon als berechtigt und notwendig erweist (V. 657 u. 658). Aber in seiner Aufregung überhäuft er den ihm treuergebenen Mann wie einen seiner Schuld schon überführten Bösewicht mit maßlos harten Vorwürfen. Erst auf die dringende Bitte des Kreon teilt er ihm die Gründe für seinen Verdacht mit; durch eine Reihe von Fragen, die er sich von ihm beantworten läßt, erinnert er an die Thatsachen, die es nach seiner Meinung wahrscheinlich machen, daß Tiresias von Kreon zu seinen verhängnisvollen Aussprüchen verleitet worden sei. Als nun aber Kreon ihn um die Erlaubnis bittet, auch einige Fragen an ihn zu richten, gewährt er dessen Bitte und begründet dies mit Worten, die uns einen Blick in sein Inneres thun lassen: „denn sicher werde ich von dir nicht des Mordes überführt werden." Die Tiresiasscene hat natürlich in seinen Gedanken und Empfindungen eine große Veränderung hervorgebracht. Vorher dachte er nur daran, wie er durch die Entdeckung des Mörders sein schwer bedrängtes Volk retten könne. Jetzt schwankt sein aufgeregtes Gemüt um seiner selbst willen zwischen Furcht und Hoffnung. Er hofft noch, daß Tiresias wirklich auf Kreons Anstiften ihn des Mordes beschuldigt habe und daß man ihn niemals der Ermordung des Laios überführen werde. Aber im Hintergrund seines Herzens lauert die Besorgnis, daß der blinde Seher doch vielleicht die Wahrheit erkannt und verkündet habe (V. 742). Und außerdem mochte er wohl auch mit bangem Herzen des rätselhaften Seherwortes gedenken, daß der heutige Tag ihm das Leben und die Vernichtung bringen werde. Wie sehr ihn aber die Frage beschäftigt, ob er wohl der Ermordung des früheren Königs überführt werden könne, erkennt man daraus, daß er seinem Schwager die Absicht zutraut, durch die Fragen, die er an ihn richten will, seine Schuld zu erweisen. Kreons Fragen aber beziehen sich nur auf seine ehrenvolle Stellung in dem königlichen Hause, und sie bilben die Einleitung zu einer ausführlichen Rede, in welcher er mit überzeugenden Gründen zeigt, wie widersinnig das ihm zur Last gelegte Trachten nach der Herrschaft sein würde, und dann feierlich erklärt, daß er sich selbst zur Todesstrafe verurteile, wenn man ihm ein geheimes Einverständnis mit dem Zeichendeuter nachweisen sollte. Der Chor spricht ein anerkennendes Urteil über die Selbstverteidigung des wackeren Mannes aus. Aber Ödipus bleibt taub gegen die Stimme der Wahrheit. Ja er scheut sich nicht dem Kreon anzukündigen, daß er als Hochverräter sterben müsse. Jetzt aber erscheint seine Gemahlin Jokaste, um dem heftigen öffentlichen Streit der beiden mit einander verwandten Fürsten ein Ende zu machen. Als sie die Anklage ihres Gatten gegen Kreon gehört, dieser aber seine Unschuld mit einem heiligen Eide bekräftigt hat, bittet sie den König seinen Worten zu glauben. Und da auch der Chor sich des Kreon eifrig annimmt, entläßt Ödipus den ihm verhaßten Mann trotz der Besorgnis, daß er nun selbst Verbannung oder den Tod zu fürchten habe. Die anfangs so stürmische Scene, in welcher Ödipus wieder eine Niederlage erleidet, hat gezeigt, „daß er mit seinen Verdachtsgründen sich auf falscher Fährte befindet." Die Wahrheit ist doch zu ihrem Rechte gekommen, sie hat wenigstens bei der Königin und dem Chor Anerkennung gefunden. Sein Versuch zu seiner Rettung eine schwere Schuld auf Kreon und auf den blinden Tiresias zu wälzen ist also ohne Zweifel mißlungen; die bedenkliche Lage des Ödipus hat sich verschlimmert. Und nun findet eine durch den öffentlichen Streit des Königs und des Fürsten Kreon veranlaßte Unterredung statt, die für jenen verhängnisvoll wird, eine Unterredung zwischen Jokaste und ihrem königlichen Gatten. Als sie von diesem hört, daß Kreon den schurkischen Seher angestiftet habe, ihn für den Mörder des Laios zu erklären, wird sie nicht etwa von Sorge und Unruhe wegen dieser schrecklichen Beschuldigung ergriffen. Die unglückselige Frau, die in ihrem leichtfertigen Sinn alle Orakel verachtet, sucht ihren Gatten in seinem Kampf gegen die Wahrheit dadurch zu unterstützen und zu bestärken, daß sie ihn von jeder Furcht vor Sehersprüchen befreit. Um ihm aber die Nichtigkeit solcher göttlichen Offenbarungen zu beweisen, erzählt sie, ihrem ersten Gatten Laios sei einst von den Dienern des Phöbus das Orakel erteilt worden, daß er von der Hand seines eignen Sohnes sterben werde; nun aber sei dieser drei Tage nach seiner Geburt mit gefesselten Füßen im Gebirge ausgesetzt, er selbst aber später in fremdem Lande an der Kreuzung dreier Wege von Räubern getötet worden. Die Mitteilung dieses angeblich trügerischen Orakelspruches, die den Ödipus beruhigen sollte, hat gerade die entgegengesetzte Wirkung (vgl. V. 726 u. 727: „Wie hat mich eben bei deinen Worten, o Weib, Verwirrung der Seele und Aufregung des Geistes ergriffen!"). Mit der zufälligen Erwähnung des Ortes, an welchem Laios getötet wurde, tritt ganz unerwartet ein Wendepunkt in der dramatischen Handlung ein. Es beginnt jetzt ein neuer sehr wichtiger und ergreifender Teil der Tragödie, in welchem der verblendete Ödipus allmählich zur vollen Erkenntnis der ihm verkündeten schrecklichen Wahrheit gelangt. Eine nähere Betrachtung dieser „wunderbar angelegten" Peripetie des Dramas liegt der Aufgabe, die ich mir gestellt habe, fern. Die Unterredung der Jokaste mit ihrem Gatten und den plötzlichen Umschwung der Handlung erwähnte ich nur, weil beides in leicht erkennbarem Zusammenhang mit der Tiresiasscene steht. Die Unterredung, welche dem Ödipus beinahe schon die Gewißheit verschafft, daß er den Laios getötet hat, ist zunächst durch den heftigen Auftritt zwischen ihm und Kreon und, wenn man weiter zurückgeht, durch den ebenso unbesonnenen wie frevelhaften Angriff des Ödipus auf die Ehre des Kreon und des Tiresias (V. 380—403) veranlaßt. Zu der Erzählung aber von der Ermordung des Laios, die eine so ganz unerwartete Wirkung hervorbringt, wird Jokaste von ihrem Unglauben verleitet, als der König ihr die erste Enthüllung des Sehers nicht als einen wirklichen Seherspruch, sondern als eine lügnerische Erfindung des Kreon mitteilt. Das Seherwort hat demnach nicht nur die Wahrheit verkündigt, sondern auch, als es in anderer Absicht wiederholt wurde, ihre wirkliche Erkenntnis eingeleitet. So deutet der fromme Dichter, ebenso wie durch zahlreiche andere Stellen unseres Dramas, an, daß alles Thuen und Reden und Denken der Sterblichen unter der Leitung und dem Einfluß der Gottheit steht.

Zum Schlusse unsrer Betrachtung möge es mir noch gestattet sein, eine wichtige und interessante Frage, deren gründliche Beantwortung eine besondere Abhandlung verlangt, wenigstens noch mit einigen Worten zu berühren, die Frage, ob man mit Recht behauptet hat,*) daß Sophokles' König Ödipus den antiken Schicksalsbegriff in seiner ganzen Schroffheit zeige, d. h. daß Ödipus sein furchtbares Geschick weder verschuldet noch verdient, sondern nur in Folge einer unvermeidlichen Notwendigkeit erlitten habe. Das Ergebnis unsrer Auffassung der Tiresiasscene läßt sich mit dieser Ansicht sicherlich nicht vereinigen. Das Verhalten des Ödipus in dieser Scene gewährt ein ziemlich düsteres Bild, das nur durch einzelne Lichtstrahlen erhellt wird. Und wie er dem ehrwürdigen Seher gegenüber nicht als schuldlos erscheint, so zeigt er sich auch in der Kreonscene (V. 532—677), wie er selbst später (V. 1420) beklagt, in einem sehr ungünstigen Lichte. Im weiteren Verlauf der Tragödie treten zwar noch einzelne edle Züge seines Charakters, wie z. B. seine innige Liebe zu seinen beiden Töchtern hervor, aber wir finden auch wieder Beweise seines unfrommen Sinnes, seiner vorschnellen Unbesonnenheit, seiner maßlosen Leidenschaftlichkeit und anbrer Fehler. Kurz bei der Enthüllung und furchtbaren Bestrafung der von ihm vollbrachten Unthaten, die den Inhalt dieses Dramas bilden, erscheint uns Ödipus keineswegs als schuldlos. Der Dichter hat, wie Wecklein sagt, das Schicksal des Helden in genügender Weise aus seinem Charakter abgeleitet. Und auch in Beziehung auf die vom Drama vorausgesetzten schrecklichen Handlungen hat der Dichter, wie z. B. V. 807 u. 810, V. 1373—1374, 1484—1485 beweisen, ihn nicht als schuldlos dargestellt. Wenn wir nun aber die Willensfreiheit und die Schuld des Ödipus namentlich in Beziehung auf die eigentliche Handlung der Tragödie anerkennen, können wir doch nicht leugnen, daß die Entdeckung und Bestrafung seiner Unthaten auch von dem Gott Phöbus vorherbestimmt war und somit notwendig erfolgen mußte (vgl. V. 95—100, V. 447, V. 1329—1331). Wir finden also in unsrer Tragödie denselben Widerspruch zwischen menschlicher Freiheit und göttlicher Vorherbestimmung, zu dem jede wahrhaft sittliche und zugleich fromme Betrachtung des menschlichen Lebens uns führt. Und sicherlich dürfen wir unsern Dichter nicht tadeln, daß er einen Widerspruch, den philosophischer Scharfsinn nicht genügend auszugleichen vermag, nicht in einer Tragödie zu lösen versucht hat, die den Zweck hat, die Ohnmacht des Menschen gegenüber dem göttlichen Walten zu zeigen und zur Demut und Mäßigung, zu frommer Reinheit des Sinnes in allen Worten und Handlungen (V. 863—865) zu ermahnen.

---

*) Vgl. namentlich den 2. Abschnitt des Rückblicks in der Wolff-Bellermann'schen Ausgabe, S. 141.

Schulnachrichten
für die Zeit von Ostern 1889 bis Ostern 1890.

I. Lehrer und Schüler des Herzogl. Gymnasiums.

1) Vor dem Beginn des Schuljahrs legte der von Neujahr bis Ostern beurlaubte Schreiblehrer der Quinta und Sexta, der städtische Bürgerschullehrer Herr Wilhelm Sellner, wegen Kränklichkeit sein Amt als beauftragter Lehrer des Herzogl. Gymnasiums nieder, nachdem er 16¼ Jahre lang (seit dem 1. Oktober 1873) den Schreibunterricht in den beiden unteren Klassen unsrer Anstalt mit großem Eifer und mit erfreulichem Erfolge erteilt hatte. Die Schreibstunden in Quinta und Sexta konnte in Folge der außerdem eintretenden Veränderungen ein Mitglied des Lehrerkollegiums, Gymnasiallehrer Schäftlein, übernehmen.

Durch Dekret des Herzoglichen Staatsministeriums vom 1. Mai v. J. wurde die Direktion des Gymnasiums angewiesen, die beiden Kandidaten des höheren Schulamtes, die eben ihr Probejahr vollendet hatten, Dr. Armin Röhrig und Louis Bähring vom Anfang des neuen Schuljahres an als Lehrer am Gymnasium interimistisch zu beschäftigen. Aber durch ein hohes Dekret vom 17. August d. v. J. wurde der Direktion eröffnet, daß mit höchster Genehmigung beschlossen worden sei, den Kandidaten des höheren Schulamtes Louis Bähring zum wissenschaftlichen Hülfslehrer am Herzogl. Gymnasium vom 1. Juli d. J. an und den bisherigen Hülfslehrer Dr. Armin Röhrig zum Lehrer am Herzogl. Gymnasium Casimirianum vom 1. August d. J. vorerst widerruflich zu ernennen. Über das bisherige Leben der beiden neuen Mitglieder des Lehrerkollegiums soll mit ihren eigenen Worten berichtet werden.

a) Ich wurde am 19. Februar 1854 in Gauerstadt, S.-Coburg, geboren als Sohn des derzeitigen Amtsgerichtsrats Bähring in Sonnefeld. Den ersten Unterricht erhielt ich in der dortigen Volksschule. Ostern 1866 wurde ich in die Sexta des Herzogl. Gymnasiums aufgenommen, und, nachdem ich neun Jahre Schüler dieser Anstalt gewesen war, wurde ich Ostern 1875 mit dem Zeugnis der Reife entlassen. Ich genügte nun zunächst meiner Dienstpflicht als Einjährig-Freiwilliger und studierte dann auf den Universitäten Jena, Leipzig, Breslau und zuletzt wieder in Jena Mathematik und Naturwissenschaften. Im Dezember 1886 legte ich vor der Großherzogl. u. Herzogl. Sächs.

Prüfungskommission der Universität Jena die Prüfung für Kandidaten des höheren Schulamtes in den genannten Fächern ab. Laut Dekret hohen Herzoglichen Staatsministeriums zu Coburg wurde ich auf mein Gesuch Ostern 1888 als Probekandidat am Herzogl. Gymnasium Casimirianum zugelassen und als wissenschaftlicher Hülfslehrer vom 1. Juli 1889 an an dieser Anstalt angestellt.

b) Geboren am 9. September 1863 zu Coburg, evangelisch-lutherischer Konfession, Sohn des 1870 verstorbenen Landratsamtsassessors Emil Röhrig, besuchte ich von 1869—1873 die städtische Vorbereitungsschule und von Ostern 1873—1882 das Herzogl. Gymnasium Casimirianum, auf welchem ich Ostern 1882 das Zeugnis der Reife erhielt. Hierauf studierte ich auf den Universitäten zu Jena und Leipzig klassische Philologie und Germanistik. Im Juni 1886 reichte ich bei der philosophischen Fakultät der letzteren Universität eine Dissertation, betitelt de P. Nigidio Figulo capita duo, ein und wurde nach dem Bestehen der mündlichen Prüfung zum Doktor der Philosophie promoviert. Im März 1887 bestand ich vor der philosophisch-historischen Sektion der Königl. Sächs. Prüfungskommission zu Leipzig die Prüfung für das höhere Schulamt. Hierauf genügte ich meiner Militärpflicht als Einjährig-Freiwilliger zu Coburg vom 1. April 1887 bis dahin 1888 und wurde laut Dekret des Herzogl. Staatsministeriums von Ostern 1888 ab als Probekandidat an der Lehranstalt zugelassen, welcher ich früher als Schüler angehört hatte. Nach Vollendung meines Probejahres wurde ich zunächst interimistisch als beauftragter Lehrer in mehreren Klassen beschäftigt, aber am 17. August b. J. als Lehrer am Herzogl. Gymnasium Casimirianum vorerst widerruflich angestellt.

Um dieselbe Zeit, in welcher die Anstellung zweier neuer Lehrer erfolgte, wurde durch höchstes Dekret vom 15. August v. J. der bisherige Hülfslehrer Eduard Schubart zum Lehrer am Herzogl. Gymnasium ernannt. Schon vorher aber wurde der unterzeichnete Direktor durch einen Beweis huldvoller Anerkennung erfreut. Se. Hoheit der Herzog geruhten durch Patent vom 21. Juni v. J. ihm das Dienstprädikat „Schulrat" zu verleihen.

Am Anfang des zweiten Semesters trat ein hochverehrter früherer Lehrer des Gymnasiums, Herr Schulrat Schneider, in das Lehrerkollegium, dem er 48 Jahre lang bis Ostern 1887 angehört hatte, auf einige Zeit wieder ein, um für den leider erkrankten Klassenlehrer der Obersekunda wöchentlich 7 lateinische Stunden zu geben. Für diesen Beweis treuer Anhänglichkeit an das Casimirianum, durch den die Fortsetzung des vorschriftsmäßigen Unterrichts in jener Klasse ermöglicht wurde, spreche ich im Namen der Anstalt dem verehrten Manne den herzlichsten Dank aus, freilich mit dem aufrichtigen Bedauern, daß seiner verdienstvollen Thätigkeit an der Stätte seines früheren Wirkens plötzlich ein körperliches Leiden noch vor Weihnachten ein Ziel setzte.

Der leidende Kollege, dessen Stelle der ehrwürdige Veteran unsrer Anstalt mit Herrn Dr. Meisart und mehreren Lehrern des Gymnasiums zu vertreten sich entschloß, Herr Professor Bernhard Kästner, konnte schon während des Sommerhalbjahrs im Ganzen nur drei Wochen seinen Unterricht erteilen. Deshalb wurde ihm von dem Herzogl. Staatsministerium für die Zeit vom 1. Oktober 1889 bis zum 1. Januar b. J. der von ihm erbetene Urlaub gewährt. Er hoffte zuversichtlich, nach dieser Ruhezeit sein Lehramt wieder ohne längere Unterbrechung verwalten zu können. Aber leider sollte diese Hoffnung nicht in Erfüllung gehen. Am Sonntag, den 24. November, verschied unser verehrter Kollege plötzlich an einem Herzschlag in seinem 54. Lebensjahre. Tieferschüttert vernahmen Lehrer und Schüler am nächsten Morgen die Trauerbotschaft von dem schmerzlichen Verluste, den sie so unerwartet erlitten hatten. Das Lehrerkollegium gab seiner Trauer in einem Nachruf mit den Worten Ausdruck: „Das Casimirianum verliert in ihm einen durch Klarheit des Geistes, gründliches Wissen und vielseitige Begabung ausgezeichneten Lehrer, das Lehrerkollegium einen freundlichen und gefälligen, offnen und zuverlässigen, von Allen hochgeschätzten Kollegen. Wir werden ihm stets ein treues ehrenvolles Andenken bewahren." Wie vielseitig die Begabung unsres verstorbenen Kollegen war, beweist die Thatsache, daß derselbe seit Ostern 1888 in I Deutsch und Geschichte, in IIa Lateinisch, Griechisch und Geschichte, in IIb Geschichte lehrte, aber vorher 13 Jahre lang auch den mathematischen Unterricht in IIIa und den Gesangunterricht an dem Gymnasium erteilte und daß er außerdem unter den Freunden des Schachspiels durch seine scharfsinnige Erfindungsgabe sich einen angesehenen Namen erworben hatte. Die Zeit seiner Lehrerwirksamkeit dauerte nicht ganz 28 Jahre. Nachdem er 4¼ Jahre bis Michaelis 1865 provisorisch an dem Gymnasium Ernestinum seiner Vaterstadt Gotha angestellt war, wurde er am 16. Oktober 1865 in sein Lehramt am Casimirianum eingeführt. Er hat in den 24 Jahren seiner hiesigen Lehrerthätigkeit drei wissenschaftliche Abhandlungen in den Programmen unsrer Anstalt veröffentlicht: 1) De numero senatorum Romanorum. 1869. 2) Charakteristik der römischen Politik in dem Zeitraum vom Jahre 200 v. Chr. bis zu Karthagos und Korinths Zerstörung. 1876. 3) Die Haltung des römischen Senats während der Belagerung von Mutina. 1886.

Nach den Veränderungen, die beim Beginn und während des verflossenen Schuljahres eintraten, bestand das Lehrerkollegium in den letzten vier Monaten aus folgenden Mitgliedern:
1) Dr. Heinrich Muther, Direktor und Schulrat, Klassenlehrer der Prima.
2) Dr. Richard Mauritius, Professor, R., Lehrer für Mathematik und Naturwissenschaften, seit Michaelis v. J. Klassenlehrer der Obersekunda.
3) Dr. Heinrich Beck, Professor, Klassenlehrer der Untersekunda.
4) Dr. Franz Riemann, Professor, Klassenlehrer der Obertertia.
5) Dr. Karl Warnke, Oberlehrer, Lehrer für die neueren Sprachen.
6) Dr. Wilhelm Werle, Gymnasiallehrer, Klassenlehrer der Untertertia.
7) Dr. Rudolf Gebhardt, Gymnasiallehrer, Klassenlehrer der Quarta.
8) Eduard Schubart, Gymnasiallehrer, Klassenlehrer der Quinta.
9) Hermann Schäftlein, Gymnasiallehrer.
10) Dr. Armin Röhrig (widerruflich angestellter) Gymnasiallehrer, Klassenlehrer der Sexta.
11) Louis Bähring, wissenschaftlicher Hülfslehrer.

Außerdem waren mit der Erteilung von Unterrichtsstunden an dem Gymnasium beauftragt:
1) Hofprediger Dr. Georg Hansen, Religionslehrer der fünf oberen Klassen.
2) Dr. Gottlieb Meifart, Kandidat des höheren Schulamtes.
3) Städtischer Zeichenlehrer, Paul Türck, Zeichenlehrer.
4) Bürgerschullehrer Wilhelm Braun, Gesanglehrer.
5) Gustav Leutheußer, Turnlehrer der höheren Lehranstalten und technischer Assistent des Herzogl. Schulinspektors.

2) Die Schülerzahl des Gymnasiums betrug vor dem Schlusse des vorigen Schuljahres 234. Von diesen gingen vor und zu Ostern 1889 außer den im vorigen Jahresbericht genannten 6 Oberprimanern, welche das Zeugnis der Reife erhielten, noch 10 Schüler ab, nämlich

aus IIa: die so eben dahin versetzten Friedrich Gruner (wird Kaufmann), Albin Hahn (wird Kaufmann) und Hugo Maul (wollte als Freiwilliger in ein Bureau der Werrabahn eintreten).

aus IIIb: die erst in diese Klasse versetzten Schüler Wilhelm Streib (auf das Gymnasium in Regensburg), Willy Kuhlmann (auf das Gymnasium in Wiesbaden), Rudolf Linschmann (auf das hiesige Lehrerseminar), August Engel (wird Kaufmann), August von Dall'Armi (auf die hiesige Realschule),

aus V: Rudolf Frank (siedelte mit seinen Eltern nach Saarbrücken über),
aus VI: Alfred Brückner (wird Koch).

Beim Beginn des Schuljahres wurden die 44 Schüler aufgenommen, deren Namen in dem Schülerverzeichnis mit einem Sternchen versehen sind, nämlich in die Ib zwei, in die IIb ein, in die IIIa drei, in die IV sechs, in die V vier und in die VI 28 Schüler. Das Gymnasium hatte daher am Anfang des Schuljahres 262 Schüler (19 mehr, als das Jahr vorher), nämlich 31 in I, 30 in IIa, 20 in IIb, 30 in IIIa, 34 in IIIb, 41 in IV, 43 in V und 33 in VI. Im Laufe des Schuljahres traten noch die 8 Schüler ein, vor deren Namen im Verzeichnis das Zeichen † gesetzt ist.

Dagegen gingen während des Sommerhalbjahres 5 Schüler ab, nämlich
aus IIa: Ludwig Lent (wird Kaufmann), Franz Thönissen (wird Kaufmann).
aus IIIa: Carl Engelhard (auf das Gymnasium in Rudolstadt),
aus IIIb: David Rügländer (auf die Handelsschule in Nürnberg),
aus IV: Max von Droste zu Vischering (auf das Gymnasium in Naumburg).

Am 10. September v. J. wurde uns leider ein braver, lieber Schüler, der in San Francisko geborene August Muecke, der unser Gymnasium seit Ostern 1884 von der Quinta an besuchte, nach mehrwöchentlichem Krankenlager durch den Tod entrissen. Der frühvollendete Jüngling starb in einem Alter von 18 Jahren zum größten Schmerze seiner Eltern, die durch das Weltmeer von ihrem lieben Sohne getrennt waren, und tief betrauert von Allen, die ihm nahe standen. Mit Recht wurde bei seinem Begräbnis in Gotha, wo seine Verwandten wohnen, von ihm gerühmt, daß er nicht nur seinen Eltern und Geschwistern und Anverwandten ein lieber Sohn, Bruder und Neffe war, sondern auch bei seinen Lehrern und Erziehern, bei seinen Mitschülern und Freunden sich ein hohes Maß von Anerkennung und Liebe erworben hatte.

Zu Michaelis wurden zwei Oberprimaner, Friedrich Appunn und Albin Kipp mit dem Zeugnis der Reife für die akademischen Studien entlassen (s. unten). Außerdem ging ab
aus V: Eduard Zizmann (auf die hiesige Realschule).

Während des Winterhalbjahres verließen 4 Schüler die Anstalt, nämlich
aus Ib: Gustav Streng (um Techniker zu werden),
aus IV: Alfred Schöner (in die Erziehungsanstalt Friedrichsdorf bei Homburg),

aus V: Julius Brückner (hat seinen künftigen Wohnsitz nicht angegeben),
aus VI: Wilhelm Vogel (siedelte mit seinen Eltern nach Siegen in Westfalen über).

Vor dem Schlusse dieses Schuljahres hat das Gymnasium demnach 257 Schüler (23 mehr als vor Ostern 1889), nämlich in I 29 (incl. die Abiturienten), in IIa 29, in IIb 21, in IIIa 28, in IIIb 33, in IV 39, in V 42, in VI 36. In dem nun folgenden alphabetischen Verzeichnis sind auch diejenigen Schüler mit angeführt, welche die Anstalt, wie schon erwähnt, im Laufe des Schuljahres verlassen haben.

Verzeichnis der Schüler während des Schuljahres 1889—1890 mit Angabe des Geburtsortes*)

Prima.

a) Oberprima.

1) — Friedrich Appunn, Coburg.
2) † Paul Carganico, Insterburg, Ostpreußen.
3) Hans Gazert, Harburg, Preußen (C.).
4) Karl Hahn, Großheirath (C.).
5) Hermann Höfer, Coburg.
6) — Albin Kipp, Coburg.
7) Max Laubenheimer, Coburg.
8) Arthur Müller, Liebenstein, S.-Gotha (C.).
9) Werner Muther, Coburg.
10) Hugo Riemann, Castell b. Würzburg (C.).
11) Carl Rückert, Ölze, Schwzb.-Sonderh. (C.).
12) Arthur Siebert, Neustadt a./H.
13) Franz Zöller, Coburg.

b) Unterprima.

14) Max Deußing, Oberfüllbach.
15) Alfred Eisfeld, Obbach b. Schweinfurt, Bayern.
16) Albert Florschütz, Coburg.
17) Rudolf Frank, Schalkau.
18) Arno Fritzsche, Kutzenberg b. Ebensfeld, Bayern.
19) Heinrich Glaser, Coburg.
20) Karl Graf von der Goltz, Ettlingen, Baden (C.).
21) Otto Greif, Merseburg (C.).
22) Alexander Halter, Niederfüllbach (C.).
23) Friedrich Kipp, Coburg.
24) Rudolf Löwel, Neuhammer b. Lobenstein(C.).
25) Friedrich Graf von Ortenburg, Coburg.
26) Richard Roskoten, Coburg.
27) Emil Schlick, Coburg.
28) Friedrich Siebert, Neustadt a./H.
29) Eduard Sommer, Dörfles b. Coburg (C.).
30) — Gustav Streng, Elsa.
31) * Eduard Trendel, Kulmbach, Bayern.
32) * Wilhelm Trendel, Kulmbach, Bayern.

Obersekunda.

1) Wolf von Anker, Berlin (C.).
2) Hans Berger, Neuses b. Coburg (C.).
3) Friedrich Beyer, Schmalkalden (C.).
4) Alfred Brodführer, Eisfeld (C.).
5) Wilhelm Dressel, London (C.).
6) Max Ehrhardt, Oberweißbach, Schwarzb.-Rudolstadt.
7) Ernst Ehrlicher, Neustadt a./H.
8) Ernst Eichhorn, Steinach, S.-Meiningen.

---

*) Mit * wird die Aufnahme beim Beginn, mit † der Eintritt im Verlaufe des Schuljahres angedeutet; das Zeichen — steht vor dem Namen der Schüler, welche die Anstalt im Laufe des Schuljahres verlassen haben. Zu dem Geburtsorte ist (C.) hinzugefügt, wenn die Eltern (bezw. Mutter oder Vater) auswärts geborener Schüler gegenwärtig in Coburg wohnen.

9) Titus Eichhorn, Steinach, S.-Meiningen.
10) Alfred von Erffa, Ahorn b. Coburg.
11) Christian Frank, Creußen b. Bayreuth (C.).
12) Leopold Froriep, Rheidt, Rgbzk. Düsseldorf.
13) Detlev Gazert, Coburg.
14) Viktor Gehler, Steinach, S.-Meiningen.
15) Paul Häßler, Coburg.
16) Friedrich Hohlbein, Coburg.
17) Karl Kleemann, Coburg.
18) Albert Kraus, Coburg.
19) Ferdinand Kräußlich, Coburg.
20) Richard Leffer, Coburg.
21) — Ludwig Lenk, Coburg.
22) Karl Mauritius, Coburg.
23) † Alwin Ortmann, Schalkau (C.).
24) Max Otto, Bertelsdorf (C.).
25) Hermann Quarck, Coburg.
26) Ernst Schneyer, Coburg.
27) Adam Seufferth, Königsfeld, Bayern.
28) Max Simon, Coburg.
29) — Franz Thönissen, Crefeld.
30) Karl Winter, Nellenburg, Baden (C.).
31) Arno Witting, Nesselröden b. Eisenach (C.).

Untersekunda.

1) Louis Bauer, Großgarnstadt.
2) † Fritz Brückner, Coburg.
3) Friedrich Döbrich, Unterharles b. Meiningen.
4) August Frank, Coburg.
5) Ernst Frommann, Greytown, Nicaragua (C.).
6) Ludwig Glaser, Coburg.
7) Johann Häfner, Ermershausen, Bayern.
8) Albert Harreß, Malmerz, S.-Meiningen.
9) Franz von Hinüber, Zwickau.
10) Alfred Kießling, Hofheim, Bayern.
11) Hermann Kipp, Coburg.
12) Oskar Ostermann, Coburg.
13) Hans Pechtold, Coburg.
14) Viktor Prefuhn, Neapel (C.).
15) Karl Remer, Haarbrücken b. Neustadt a./H.
16) German Schönniger, Coburg.
17) Walther von Schultes, Neustadt a. H. (C.).
18) Wilhelm Tümmler, Leipzig.
19) * Ludwig Trendel, Kulmbach, Bayern.
20) Ernst Wittekind, Frankfurt a./M.
21) Ernst Wittmann, Weibach.

Obertertia.

1) Willy Albrecht, Coburg.
2) Walther Arend, Coburg.
3) Reinhold Bechmann, Coburg.
4) Alfred Döll, Bertelsdorf.
5) Ernst Eckstein, Coburg.
6) — Karl Engelhard, Heepen i. Westfalen (C.).
7) Armin Frank, Schalkau.
8) Gustav Geuther, Neustadt a./H.
9) Leo Gutmann, Coburg.
10) Otto Gutmann, Lichtenfels.
11) Karl Helbich, Spechtsbrunn, S.-Meiningen.
12) Heinrich Hillmann, Coburg.
13) Ferdinand Hoffmann, Robach.
14) Paul Kost, Steinach, S.-Meiningen.
15) Julius Krämer, Coburg.
16) Adolf Löwel, Neuhammer b. Lobenstein (C.).
17) — August Muecke, San Francisco.
18) Eberhard Graf von Ortenburg, Coburg.
19) Reinhold Ribbeck, Stettin (C.).
20) Ernst Roßteutscher, Coburg.
21) * Karl Schaupert, Bamberg, Bayern.
22) * Hermann Schorch, Oberweißbach, Schwzb.-Rudolstadt.
23) Hermann Seidenstücker, Danndorf b. Kulmbach, Bayern.
24) Emil Siebert, Neustadt a./H.
25) Rudolf Simon, Coburg.
26) Franz Spengler, Coburg.
27) * Wilhelm Trendel, Kulmbach, Bayern.

28) Julius Weißbrod, Rodach.
29) Ernst Winter, Nellenburg, Baden (C.).
30) Gustav Wittlauer, Neustadt a./H.

Untertertia.
1) Adolf Appunn, Coburg.
2) Wilhelm Armann, Neustadt a./H. (C.).
3) Paul Benkert, Neusitz, Amt Ilmenau (C.).
4) Hermann Blind, Coburg.
5) Adolf Braun, Coburg.
6) Willy Brodführer, Eisfeld (C.)
7) Karl Ehrlicher, Coburg.
8) Karl Fiebig, Coburg.
9) Otto Frommann, Coburg.
10) Constant Griebel, Coburg.
11) Paul Güterbock, Naumburg (C.).
12) Eugen Hanstein, Coburg.
13) Julius Hauck, Coburg.
14) Moritz Hempel, Mönchröden.
15) Ernst Imbescheid, Coburg.
16) Louis Kniese, Coburg.
17) Emil Kramer, Coburg.
18) Oskar Langguth, Coburg.
19) Gustav Linschmann, Schmalenbuche, S.-Meiningen (C.).
20) Siegfried Masur, Coburg.
21) Hans Mauritius, gen. Herbert, Cassel (C.).
22) Karl Meuschke, Coburg.
23) Paul Müller, Jena (C.).
24) Ernst Pechtold, Coburg.
25) Rudolf Pickert, Coburg.
26) Heinrich Pohl, Coburg.
27) Bernhard Reuß, Ahlstadt (C.)
28) — David Rügländer, Fürth, Bayern.
29) August Schamberger, Coburg.
30) Alfred Stegner, Judenbach, S.-Meiningen.
31) Alfred v. Stockmar, Buch a./F., Bayern (C.).
32) Robert Walbeck, Alsfeld, Großh. Hessen.
33) Robert Wendler, Nürnberg.
34) Albert Wicklein, Heubisch, S.-Meiningen.

Quarta.
1) Edmund Appunn, Coburg.
2) Hans Appunn, Gotha (C.).
3) Moritz Baer, Coburg.
4) Eduard Bischoff, Coburg.
5) Bernhard Döll, Bertelsdorf.
6) Alfred Dressel, Coburg.
7) — Max von Droste zu Vischering, Hannover (C.).
8) Alfred Ehrlicher, Coburg.
9) Heinrich Ehrlicher, Ketschendorf.
10) Emil Fasseing, Coburg.
11) Friedrich Fechheimer, Coburg.
12) Rudolf Fischer, Tauberbischofsheim, Baden (C.).
13) Otto Greiner, Coburg.
14) Emil Gutmann, Coburg.
15) Alexander Hampe, Grub a./F.
16) Karl Hansen, Coburg.
17) * Alfred Hofmann, Rodach.
18) * Richard Hutschenreuter, Saalfeld, S.-Meiningen.
19) Bernhard Imhof, Maroldsweisach, Bayern.
20) Otto Kramer, Coburg.
21) Max Kühnert, Lauscha, S.-Meiningen.
22) * Harry Liebmann, Alsbach, S.-Meiningen.
23) Friedrich Lotz, Cassel (C.).
24) Gustav Lütkemeyer, Coburg.
25) Karl Müller, Karlsruhe (C.).
26) August Neibiger, Coburg.
27) Bruno Oppenheim, Coburg.
28) Hermann Othberg, Coburg.
29) Karl Palm, Coburg.
30) * Siegfried Pauson, Lichtenfels, Bayern.
31) * Karl Preller, Trennfurt, Bayern.
32) Julius Réer, Coburg.
33) Robert Richter, Weidhausen.
34) Albert Rose, Coburg.
35) Friedrich Schlegelmilch, Coburg.

36) — Alfred Schöner, Coburg.
37) * Martin Schwappach, Nassach.
38) Kurt Schwender, Sonneberg (C.).
39) Gustav Stegner, Judenbach, S.-Meiningen.
40) Eduard Wolbsen, Coburg.
41) Franz Zimmermann, Coburg.

Quinta.

1) Reinhold Alkan, Coburg.
2) Eugen Bauer, Birkenfeld, Bayern.
3) Rudolf Baudler, Coburg.
4) * Albrecht Bergner, Sauerstadt.
5) Henry Buz, Coburg.
6) — Julius Brückner, Meiningen (C.).
7) Otto Völsche, Ichtershausen (C.).
8) Hugo Elsner, Coburg.
9) Anton Fiebig, Coburg.
10) Julius Fleischmann, Coburg.
11) Max Greif, Coburg.
12) † Geza Groß, Magdeburg.
13) Alfred Gundelach, Coburg.
14) Max Gutmann, Coburg.
15) Philipp Haubold, Allendorf a. d. W. (C.).
16) Paul Helbich, Gleichamberg, S.-Meiningen.
17) Max Heß, Bertelsdorf.
18) * Kurt Hesselbach, Riga.
19) Arthur Janson, Haarhausen, S.-Gotha.
20) Franz Kammerzell, Neustadt a./H.
21) Karl Langert, Coburg.
22) Hugo Langguth, Coburg.
23) Emil Leutheußer, Coburg.
24) * Louis Leutheußer, Oberwohlsbach.
25) Max Lutharbt, Coburg.
26) Otto Lütkemeyer, Coburg.
27) Reinhold Mannel, Coburg.
28) Hermann Meyer, Coburg.
29) Wilhelm Mönch, Sonnefeld (C.).
30) Leopold Molschmann, Coburg.
31) Alfred Möller, Coburg.

32) Karl Neidiger, Coburg.
33) August Nicol, Sophienau b. Eisfeld (C.).
34) Hermann Otto, Coburg.
35) Bruno Ribbeck, Coburg.
36) * Gilbert be Poulton-Nicholson, Hannover (C.).
37) Paul Riemann, Gotha (C.).
38) Rudolf Spindler, Sonneberg.
39) Wilhelm Schmidt, Tambach, Bayern.
40) Max Ungelenk, Coburg.
41) Robert Vogt, Coburg.
42) Friedrich Voigt, Ölze, Schwarzb.-Sondersh.
43) — Eduard Zißmann, Neuhaus a. R.
44) Otto Zöller, Coburg.

Sexta.

1) * Max Barth, Neustadt a./H. (C.)
2) * Wilhelm Bauer, Coburg.
3) * Ernst Bechmann, Coburg.
4) * Hugo Brodführer, Coburg.
5) † Arno Finn, Ölze, Schwarzb.-Sondershausen (C.).
6) * Adalbert Fischer, Mannheim (C.).
7) * Hugo Fischer, Coburg.
8) Ernst Fuchs, Saalfeld (C.).
9) * Willy Gagel, Coburg.
10) * Ferdinand Glaser, Coburg.
11) * Paul Gleitsmann, Coburg.
12) * Hermann Grams, Neuses b. Coburg.
13) * Georg Grosch, Sonneberg, S.-Meiningen.
14) * Gyula Groß, Magdeburg.
15) * Paul Günther, Meerane, Sachsen (C.).
16) * Alexander Hansen, Coburg.
17) * Hans Helbich, Gleichamberg, S.-Meiningen.
18) * Gustav Hocker, Gotha (C.).
19) * Kuno Jacobi, Coburg.
20) Hugo Knauer, Coburg.
21) Alwin Langenstein, Cortendorf.

22) * Max Linschmann, Coburg.
23) Robert Mayer, Wien.
24) * Max Moritz, Taubenbach b. Wallendorf.
S.-Meiningen.
25) Emil Müller, Karlsruhe (C.).
26) * Alfred Oppel, Coburg.
27) * Louis Oppenheim, Coburg.
28) † Fritz Otto, Öslau.
29) * Robert Otto, Coburg.
30) * Georg Renger, Creußen b. Bayreuth (C.).
31) † Richard von Seyblitz, Lübeck (C.).
32) * Louis Schneider, Coburg.
33) * Erich Schraidt, Coburg.
34) * Alfred Schwarz, Coburg.
35) * Alfred Strasburger, Coburg.
36) —* Wilhelm Vogel, Hannover (C.).
37) * Friedrich Zimmermann, Coburg.

Von den 270 Schülern, die im verflossenen Schuljahre das Gymnasium besuchten (20 mehr als 1888—89), gehören nach dem jetzigen Wohnsitz der Eltern 188 der Stadt Coburg an, aber nur 126 sind in Coburg, 46 an andern Orten des Herzogtums Coburg-Gotha, 93 in andern Staaten des deutschen Reichs, 5 in außerdeutschen Staaten (2 davon in Amerika) geboren. Der Konfession nach sind 242 evangelisch, 9 katholisch, 1 altkatholisch, 18 israelitisch.

II. Der Unterricht.

Der regelmäßige Unterricht erlitt in dem zu Ende gehenden Schuljahre mannigfache Störungen. Gleich in den ersten Wochen mußte der Klassenlehrer der Sexta, Dr. Röhrig, sich durch den Kandidaten des höheren Schulamtes Dr. Meifart vertreten lassen, da er bis zum 18. Juni d. v. J. zu einer Reserveübung nach Gotha einberufen worden war. Am 13. Mai begann schon das bis zum Ende des Schuljahres dauernde Vikariat für den schwer erkrankten und leider verstorbenen Kollegen, das nur unmittelbar vor den Sommerferien auf anderthalb Wochen unterbrochen wurde. In dem kurzen 2. Quartal wirkten die in der Nähe von Coburg stattfindenden Manöverübungen der 22. Division, die für unsre Jugend sehr anregend und erfreulich waren, doch auf den Schulunterricht nicht günstig ein. Und beim Beginn des letzten Quartals nötigte uns die weitverbreitete schlimme Krankheit, die auch unsre Schüler nicht verschonte, den Unterricht mit Genehmigung des Herzogl. Staatsministeriums auf acht Tage auszusetzen. Aber Dank dem pflichttreuen Eifer sämtlicher Lehrer und der freundlichen Hülfe, welche Herr Schulrat Dr. Schneider und noch länger Herr Dr. Meifart uns leisteten, ist es doch trotz aller Störungen gelungen den Lehrplan in allen Klassen durchzuführen und bei der großen Mehrzahl der Schüler das Klassenziel zu erreichen.

In der Lehrverfassung des Gymnasiums und der Methode des Unterrichts traten in dem verflossenen Schuljahre nur wenige Veränderungen ein. In der Klasse IIIb wurde der in der IV nunmehr beseitigte griechische Elementarunterricht in wöchentl. 7 Stunden begonnen und zwar, wie wir erwarteten, mit großem Eifer und mit besserem Erfolge, als dies früher durchschnittlich bei den Quartanern der Fall war. In dem nächsten Schuljahr wird nun, wie schon im letzten Jahresbericht S. 49 in Aussicht gestellt wurde, die Zahl der griechischen Stunden in IIIa auf 7 erhöht und, um eine Vermehrung der Stundenzahl zu verhüten, dem geographischen Unterricht dieser Klasse in Übereinstimmung mit dem preußischen Lehrplan vom 31. März 1882 eine Stunde entzogen. Der Lehrstoff für den geographischen und den naturkundlichen Unterricht in den 5 unteren Klassen wurde beim Beginn des Schuljahres anders, als bisher, verteilt. Bei der Lektüre griechischer und lateinischer Schriftsteller wurden die so nützlichen Übungen im Extemporieren öfter, als sonst, und zwar mit gutem Erfolge angestellt. Der französische Unterricht in V und in IV (seit Anfang des vorigen Schuljahres wöchentl. je 4 Stunden) schließt sich an ein passendes Lehr- und Lesebuch an. Er erstrebt besonders Richtigkeit der Aussprache und Einprägung der Formenlehre. Aber im Anschluß an die Lektüre finden auch Übungen statt, die den Zweck haben, die Schüler an das gesprochene Wort zu gewöhnen und wenigstens die ersten Versuche im eignen Sprechen machen zu lassen. In der I tritt gelegentlich auch ein kurzes Referat über einen Abschnitt der Lektüre an die Stelle des Exercitiums.

Übersicht über die im Schuljahre 1889—90 behandelten Lehrstoffe.

Prima.

Zweijähriger Kursus. Klassenlehrer: Der Direktor.

A. **Deutsch.** 3 St. Literaturgeschichte der neueren Zeit von Lessing an. Erklärung von Lessings Nathan, Goethes Iphigenie und Egmont. 6 Aufsätze. Im S. Kästner, im W. Riemann.

Themata der deutschen Aufsätze:
1) Welche Bande knüpfen uns an das Vaterland?
2) Der Derwisch in Lessings Nathan.
3) Welches Verhalten zeigt der Tempelherr gegen Nathan?
4) Wer ist ein Held?
5) Welchen inneren Kampf hat Iphigenie in Goethes Drama zu bestehen?
6) Charakteristik des Herzogs Alba in Goethes Egmont.

Lateinisch. 8 St. a) Horat. Sat. u. Epist. in Auswahl; Cic. de orat. I und Abschnitte aus Cic. Brutus. 4 St. Grammat. Repet.; wöchentl. ein Exerc. nach Süpfle III u. mündl. Übers. aus Nägelsbach III; 5 Aufsätze. 2 St. Beck. b) Tacit. Ann. III, 31—IV, 33. 2 St. Riemann.

Themata der lateinischen Aufsätze:
1) De bello inter Artaxerxem Mnemonem et Cyrum fratrem ejus gesto.
2) Horatius quomodo pecunia utendum esse censeat.
3) Libris de oratore conscribendis quid sibi voluerit Cicero.
4) Oratoris vim quomodo definierit Cicero.
5) Fabiorum ad Cremeram clades cum Lacedaemoniorum in Thermopylis nece comparetur.

Griechisch. 6 St. Demosth. De pace, Phil. II, De Cherson., Phil. III.; Soph. Oed. R.; Hom. Jl. XIII XVII, XXV. 5 St. Grammat. Repet., alle 14 Tage ein Exerc. nach Franke III. 1 St. Der Direktor.

Hebräisch. In S. 3, in W. 2 St. In S. 1b. Zusammenhängende Lesestücke nach Kautzsch' hebr. Lesebuch; Repet. der Grammatik. 2 St. 1a. Lektüre einiger Psalmen. 1 St. Im W. Lektüre von historischen Abschnitten u. von Psalmen. 2 St. Schubart.

Französisch. 2 St. Sandeau, Mademoiselle de la Seiglière; Guizot, Washington. Grammat. Repet. Alle 14 Tage ein Exerc. nach Plötz' Übungen zur Syntax oder ein Extemp. meist im Anschluß an die Lektüre. Warnke.

Englisch. 2 St. Stücke aus Wershovens Lesebuch. Grammat. Repet. Alle 3 Wochen eine schriftliche Arbeit im Anschluß an die Lektüre. Warnke.

B. Religion. 2 St. Christliche Glaubenslehre. Erklärung des ersten Korintherbriefs nach dem Grundtexte. Hansen.

Mathematik. 4 St. Diophantische Gleichungen, Kettenbrüche, Kombinationslehre. Binomischer Lehrsatz. Stereometrie. Alle 4 Wochen ein Exerc. Mauritius.

Physik. 2 St. Mechanik. Mathematische Geographie. Mauritius.

Geschichte. In S. 2, im W. 3 St. Neuere Geschichte 2 St. Kästner und der Direktor. Geschichtl. Repet. 1 St. im W. Riemann.

Obersekunda.

Einjähriger Kursus. Klassenlehrer: im S. Kästner, im W. Dr. Mauritius.

A. Deutsch. 3 St. Erklärung Klopstock'scher Oden in Auswahl, dann von Schillers Jungfrau von Orleans, Goethes Hermann und Dorothea, Schillers Maria Stuart. Alle 4 Wochen ein Aufsatz. Im S. Riemann, im W. Röhrig.

Lateinisch. 9 St. a) Sall. B. Jug. (mit Beglass. mehrer. Abschn.) bis K. 114. Cic. or. pro S. Rosc. Amer. 5 St. Verg. Aen. I, II, III bis v. 355. Im S. Kästner und für ihn mehrere Lehrer, in W. zuerst Schneider, dann Warnke und Meifart. b) Grammat. Repet.; wöchentl. ein Exerc. und mündl. Übers. nach Süpfle II. 2 St. Beck.

Griechisch. 6 St. a) Hom. Jl. I—IV; memoriert I, 1—303. 2 St., im S. der Direktor, im W. Gebhardt. b) Herod. VII mit Auswahl bis K. 170. 2 St. Syntax des Verbums, grammat. Repet.; mündl. Übers. und wöchentl. ein Exerc. nach Franke II oder Diktat. 2 St. Der Direktor.

Hebräisch. 2 St. Formenlehre nach Baltzers Schulgrammat., Übungen nach Kautzsch' Übungsbuch. Schubart.

Französisch. 2 St. Thiers, Napoléon en Egypte; Béranger in Gropp's Auswahl. Repet. und Ergänzung der Syntax nach Plötz. Alle 14 Tage ein Exerc. nach Plötz' Übungen zur Syntax oder ein Extemp. meist im Anschluß an die Lektüre. Warnke.

Englisch. 2 St. Wershoven, Engl. Lesebuch S. 17—32. Formenlehre nach Deutschbeins kurzer Grammatik. Alle 3 Wochen eine Klassenarbeit. Warnke.

B. Religion. 2 St. Geschichte der christlichen Kirche in den ersten drei Jahrhunderten. Erklärung des Johannesevangeliums. Hansen.

Mathematik. 3 St. Repetition der Lehre von den Potenzen, Wurzeln und Logarithmen. Angewandte Gleichungen mit mehreren Unbekannten. Übungen nach Hofmann II u. III. Schluß der Planimetrie. Grundbegriffe der Trigonometrie. Alle 4 Wochen ein Exerc. Mauritius.

Naturkunde. 2 St. Chemie, Oryktognosie, Geognosie. Mauritius.

Geschichte. 2 St. Römische Geschichte. Im S. Kästner und Schubart, im W. Meifart.

Untersekunda.

Einjähriger Kursus. Klassenlehrer: Dr. Beck.

A. Deutsch. 3 St. Erklärung von Gedichten in Echtermeyers Auswahl, von Voß' Luise und Schillers Wilhelm Tell. Alle 4 Wochen ein Aufsatz. Werle.

Lateinisch. 9 St. Liv. II und III, 1—15. 5 St. Römische Elegieen in der Auswahl von Volz. 2 St. Grammat. Repet.; wöchentl. ein Exerc. und mündl. Übers. nach Bergers Vorübungen. 2 St. Beck.

Griechisch. 6 St. a) Hom. Od. VIII—XII, 200; memor. VIII, 1—103. 2 St. Werle. b) Xenoph. Hellen. III, 4, 5 und IV, 1—4. 2 St. Repet. der Formenlehre, Syntax des Nomens; wöchentl. ein Exerc. nach Böhme. 2 St. Beck.

Französisch. 2 St. A. Daudet, Ausgewählte Erzähl. hg. von Gropp. Syntax des Verbums nach Plötz. Alle 14 Tage ein Exerc. oder Extemp. nach Plötz' Übungen z. Syntax oder im Anschluß an die Lektüre. Warnke.

B. Religion. 2 St. Geschichte der Gründung und Entwicklung der christl. Kirche im ersten Jahrhundert. Erklärung des Marcusevangeliums nach dem Grundtexte. Hansen.

Mathematik. 4 St. Die Lehre von den allgemeinen Potenzen, Wurzeln und Logarithmen. Angewandte Gleichungen mit einer Unbekannten. Gleichungen mit mehreren Unbekannten. Übungen. Alle 4 Wochen ein Exerc. Mauritius.

Naturkunde. 2 St. Chemie, Oryktognosie, Geognosie. Mauritius.

Geschichte. 2 St. Geschichte des Orients und Griechenlands. Im S. Kästner und Röhrig, im W. Meifart.

Obertertia.

Einjähriger Kursus. Klassenlehrer: Dr. Riemann.

A. Deutsch. 2 St. Erklärung von Gedichten und prosaischen Stücken in Hopf und Paulsiek II, 1. Übungen im Deklamieren. Wiederholung der Satzlehre. Alle 3 Wochen ein Aufsatz. Schubart.

Lateinisch. 9 (im W. 8) St. a) Caesar, B. G. II, III u. IV. Im S. 4, im W. 3 St. Gramm. nach Ellendt-Seyffert, § 234—342. Wöchentl. ein Exerc. oder Extemp.; mündl. Übers. nach Ostermann. 3 St. Riemann. b) Ovid. Metam. nach Siebelis: 4, 11, 13 und 14. 2 St. Werle.

Griechisch. 6 St. a) Xenoph. Anab. I, 1—8. 2 St. Hom. Od. II, III, 1—252; memor. 80 Verse. 2 St. b) Die unregelmäßigen Verba, Wiederholung der gesammten Formenlehre nach v. Bambergs Schulgramm.; wöchentl. ein Exerc. nach Franke I oder Extemp. 2 St. Niemann. Französisch. 2 St. Lektüre aus Wershovens Lesebuch. Gramm. nach Plötz, L. 1—35. Alle 14 Tage ein Exerc. oder Extemp. Warnke. B. Religion. Im S. 1, im W. (combin. mit III b) 2 St. Kurze Einleitung in das A. T. Repetition des Katechismus. Hansen. Mathematik. 4 St. Algebra bis an die Lehre von den Bruchpotenzen. Gleichungen des ersten Grades mit einer Unbekannten, nach Hofmann II. Planimetrie bis an die Lehre von der Ähnlichkeit, nach Kambly. Lösung geometrischer Aufgaben. Alle 14 Tage eine schriftl. Arbeit. Bähring. Naturkunde. 2 St. Im S. das Wichtigste aus der Morphologie der Phanerogamen; Vertreter der Kryptogamen, nach Leunis. Im W. Mineralogie, nach Schilling. Bähring. Geschichte. 2 St. Repet. der Geschichte des Altertums und des Mittelalters. Neuere Geschichte bis 1870. Schubart. Geographie. 2 St. Politische Geographie Europas mit besonderer Berücksichtigung Deutschlands. Anleitung zum Kartenzeichnen. Werle.

Untertertia.

Einjähriger Kursus. Klassenlehrer: Dr. Werle.

A. Deutsch. 2 St. Alle 3 Wochen ein Aufsatz. Erklärung und Deklamation von Gedichten; Lektüre u. Besprechung prosaischer Stücke in Hopf u. Paulsick II, 1. Satzlehre. Röhrig. Lateinisch. 9 (im W. 8) St. a) Caes. B. G. III, IV, VI, 1—12. 4 (im W. 3) St. Repet. der Syntax des Nomens nach Ellendt-Seyffert. Wöchentl. ein Exerc. oder Extemp. nach Ostermann 3 St. Werle. b) Ovid. Metam. nach Siebelis: 5, 13, 17, 18, 19. 2 St. Röhrig. Griechisch. 6 St. Attische Formenlehre bis zu den Verb. liquid. incl. nach der Grammatik von Franke u. v. Bamberg. Mündl. u. schriftl. Übersetzen u. Memorieren von Vokabeln nach Wesener's Übungsbuch. Wöchentl. ein Exerc. oder Extemp. Gebhardt. Französisch. 2 St. Wershovens Lesebuch, St. 11—16, 19, 21. Grammat. nach Plötz, Lekt. 7—23. Alle 14 Tage ein Exerc. ob. Extemp. Werle. B. Religion. Im S. 1, im W. (gemeinf. mit IIIa) 2 St. Kurze Einleitung in das A. T. Repetition des Katechismus. Hansen. Mathematik. 3 St. Algebra bis zum Cubicren. Übungen nach Hofmann II. Geometrie bis zur Lehre vom Kreis, nach Kambly. Alle 4 Wochen ein Exerc. Mauritius. Naturkunde. 2 St. Im S. Übungen im Bestimmen schwieriger zu bestimmender Pflanzen. Die wichtigsten Familien der Phanerogamen. Im W. Weichtiere, Würmer, Stachelhäuter, Pflanzentiere. System der Tierkunde. Bähring. Geschichte. 2 St. Wiederh. der griech. u. röm. Geschichte. Deutsche Geschichte bis zur Reformation. Gebhardt. Geographie. 2 St. Politische Geographie der außereuropäischen Erdteile, nach Klöden. Anleitung zum Kartenzeichnen. Werle.

Quarta.

Einjähriger Kursus. Klassenlehrer: Dr. Gebhardt.

A. **Deutsch.** 2 St. Erklärung von Gedichten und prosaischen Abschnitten in Hopf und Paulsiek. Deklamationen. Die Lehre vom zusammengesetzten Satz; Interpunktionslehre. Alle 14 Tage ein Aufsatz; vierteljährl. ein Diktat. Gebhardt.

Lateinisch. 9 St. a) Viri ill. I—XXXIII. 5 (im W. 4) St. Tiroc. poët. von Siebelis: Der Hexameter. Im W. 1 St. b) Die Hauptregeln der Kasus- und Moduslehre; münbl. u. schriftl. Übungen nach Ostermann; wöchentl. ein Exerc. oder Extemp. 4 St. Gebhardt.

Französisch. 4 St. Mangold u. Coste, Lese- und Lehrbuch 34—52; Grammatik § 7—38. Alle 14 Tage eine Klassenarbeit. Warnke.

B. **Religion.** 2 St. Mitteilungen aus der Bibelkunde. Repet. des 1. u. 2., Erklärung des 3., 4. u. 6. Hauptstücks des Katechismus. Erklärung der Gleichnisse Jesu. Schäftlein.

Mathematik. 4 St. Faktorenzerlegung, Teiler und Vielfache, abgekürztes Rechnen mit Decimalbrüchen, bürgerliche Rechnungsarten, nach Harms und Callius. Geometr. Anschauungsunterricht. Alle 14 Tage eine schriftl. Arbeit. Bähring.

Naturkunde. 2 St. Im S. Botanik: Morphologie, das Linnésche System, Anleitung zum Bestimmen lebender Pflanzen. Im W. Zoologie: Gliederfüßer, bes. Insekten. Repet. des Pensums der Quinta. Schäftlein.

Geschichte. 2 St. Griech. u. röm. Geschichte bis Augustus, nach Jägers Hülfsbuch. Röhrig.

Geographie. 2. St. Europa. Bähring.

Schreiben. 1 St. Schreibübungen nach den Vorlagen von Sellner, Heft III; Einübung der Rundschrift und der griechischen Schrift. Schäftlein.

Zeichnen. 2 St. S. die Mitteilungen am Schlusse dieser Übersicht.

Quinta.

Einjähriger Kursus. Klassenlehrer: Schubart.

A. **Deutsch.** 2 St. Satz- und Interpunktionslehre. Erklärung von Gedichten und prosaischen Lesestücken in Hopf und Paulsiek. Übungen im Erzählen und im Deklamieren. Alle 14 Tage ein Aufsatz oder Diktat. Schubart.

Lateinisch. 9 St. Wiederholung und Erweiterung der Formenlehre, bes. Einprägung der unregelmäßigen Verba nach Ellendt-Seyffert. Einübung der notwendigsten Regeln der Syntax; münbl. Übersetzen, wöchentl. ein Exerc. oder Extemp. nach Ostermann. Schubart.

Französisch. 4 St. Lese- und Lehrbuch von Mangold und Coste 1—28. Grammat.: avoir und être, regelm. Conjug. Alle 14 Tage eine Klassenarbeit. Warnke.

B. **Religion.** 2 St. Biblische Geschichte des N. T. Kurze Erklärung und Einübung des 2. Hauptstückes des Katechismus. Schäftlein.

Rechnen. 4 St. Gemeine Brüche, Decimalbrüche, die bürgerlichen Rechnungsarten im Bereiche der einfachen Regeldetri, nach Harms und Callius. Schäftlein.

Naturkunde. 2 St. Im S. Betrachtung schwierigerer Pflanzen und Vergleichung verschiedener Pflanzen derselben Familie. Im W. Erweiterung des Pensums der Sexta. Einzelne Vertreter der Reptilien, Amphibien und Fische. Bähring.
Geschichte. 1 St. Griechische, römische und deutsche Sagen, nach Schönes Hilfsbüchlein. Röhrig.
Geographie. 2 St. Deutschland. Repet. der außereuropäischen Erdteile. Bähring.
Schreiben. 2 St. Schreiben nach Sellners Vorlagen, Heft II. Taktschreiben. Schäftlein.
Zeichnen. 2 St. S. die Mitteilungen am Schlusse dieser Übersicht.

Sexta.

Einjähriger Kursus. Klassenlehrer: Dr. Röhrig.

A. Deutsch. 3 St. Erklärung von Lesestücken und Gedichten in Hopf und Paulsiek. Übungen im Lesen, im Erzählen und im Vortrage von Gedichten. Die Lehre vom einfachen Satz; die Präpositionen. Alle 3 Wochen ein Aufsatz und zwei Diktate. Röhrig.
Lateinisch. 10 St. Regelmäßige Formenlehre nach Ellendt-Seyffert. Vokabellernen; mündl. Übersetzen, wöchentl. ein Exerc. oder Extemp. nach Ostermann. Röhrig.
B. Religion. 2 St. Biblische Geschichte des A. T. Kurze Erklärung und Einprägung des 1. Hauptstückes des Katechismus. Schäftlein.
Rechnen. 4 St. Rechnen mit ganzen Zahlen, allgemeine Decimalzahlen, Anfangsgründe der Bruchrechnung, nach Harms u. Callius. Schäftlein.
Naturkunde. 2 St. Im S. Betrachtung einzelner Pflanzen, im W. einzelner Säugetiere und Vögel. Bähring.
Geographie. 2 St. Erläuterung der geogr. Grundbegriffe. Das Herzogt. Coburg und die angrenzenden Landesteile. Überblick über die Erdoberfläche. Bähring.
Schreiben. 3 St. Einübung der deutschen und der lateinischen Schrift nach den Vorlagen von Sellner, Heft I. Taktschreiben. Schäftlein.
Zeichnen. 2 St. S. die folgenden Mitteilungen.

Zeichenunterricht (8 St.).

Sexta. 2 St. Die krumme Linie und deren Anwendung, nach dem Lehrgang für den element. Zeichenunterr. herausgeg. von dem Vereine zur Förderung des Zeichenunterrichts. Schäftlein.
Quinta. 2 St. Zeichnen nach Stabmodellen. Belehrung über die Verkürzung, Erklärung der Grund- und Sekundärfarben und Anwendung derselben bei grad- und krumlinigen Figuren, welche in die sichtbaren Flächen des Würfels gezeichnet werden. Türck.
Quarta. 2 St. Belehrung über Licht und Schatten an den Beleuchtungserscheinungen von Vollkörpern; Zeichnen nach einfachen Gypsornamenten, Schattieren von Gesimsleisten nach Angabe des Profils und des Lichtpunktes. Türck.

Freiwilliger Zeichenunterricht für IIIb bis I. 2 St. Zeichnen nach plastischen und stilisierten Blatt- und Pflanzenformen; Erläuterung der Grundformen klassischer antiker Baukunst verbunden mit Skizzieren nach Vorzeichnungen des Lehrers und nach Vorlagen. Türck.

Gesangunterricht (5 St.). Braun.

VI u. V. 1 St. Melodische und rhythmisch-melodische Übungen. Übertragung des Zahlensystems in das Notensystem nach Kotzolb I und II. Lieder aus Müller II.

IV, IIIb und IIIa. 1 St. Accord- und Tonleiterübungen, Treffübungen der Intervalle, 2- und 3stimmige Übungen nach Mühlfeld.

IIb, IIa und I. (Tenöre und Bässe). 1 St. Stimmbildungsübungen. 1- und 2stimmige Übungen nach Grosse. Männerchöre aus „Liederhort" von Grosse.

Gemischter Chor (im S. 113, jetzt 86 Sch.) 2 St. a) Besondere Stunden für VI—IIIa. Wiederholung und Erweiterung der obengenannten Übungen. Vorbereitende Übungen für den gemischten Chor. b) Bes. Stunden für IIb—I. Vorbereitende Übungen zum gemischten Chor und Einübung von Männerchören. c) Übungen des Gesamtchors. Vierstimmiger Gesang von geistlichen und weltlichen Liedern nach „Liederstrauß" 2. Teil von Kothe.

Turnunterricht (8 St.). Teuthheußer.

Die für den Turnunterricht gebildeten 3 Abteilungen (1. I—IIb, 2. IIIa—IV, 3. V u. VI) hatten wöchentl. je 2 Turnstunden, in denen jedesmal mit Ordnungs-, Frei-, Stab- und Hantelübungen begonnen, die übrige Zeit aber auf Riegenturnen an 2 Geräten verwendet wurde. Alle Übungen wurden nach einem aufgestellten Lehrplane mit Berücksichtigung der verschiedenen Altersstufen auf die 3 Turnabteilungen verteilt. Vom Besuch der Turnstunden waren 11 Schüler gänzlich befreit; 4 nahmen nur an Freiübungen teil; 9 waren in Folge einer überstandenen Krankheit auf kürzere Zeit dispensiert; 8 Schüler, die nicht in der Stadt wohnen, besuchten die Turnstunden im Winter nicht. Während des Sommers wurde den Schülern auch am Mittwoch von 4—6 Uhr Gelegenheit zu freiwilligem Turnspiel geboten. Die Teilnahme an diesen Spielstunden war bei den Unterklassen erfreulich (etwa 50 %), bie der oberen Klassen ließ viel zu wünschen übrig. Im Winter wurde dieselbe Zeit benutzt, um geeignete Schüler zu dem Vorturnerdienste heranzubilden.

III. Kurze Geschichte des Schuljahres.

Am Donnerstag, den 2. Mai, fand Vormittags von 8 Uhr an die Prüfung und Aufnahme der angemeldeten Schüler statt. Nachmittags um 3 Uhr wurde das Schuljahr mit Choralgesang, sowie mit einem Gebet und einer Ansprache des Direktors eröffnet. Am nächsten Tage früh 7 Uhr begann der Unterricht.

Am 17. Mai machten die Schüler von je 2 Klassen in Begleitung einiger Lehrer bei recht günstiger Witterung Ausflüge nach Kloster Langheim und Vierzehnheiligen, auf den Fellberg und durch den Göritzgrund nach Lauscha, nach Heldburg und Rodach und über Tiefenlauter nach Meeder.

Vom 8. bis zum 13. Juni dauerten die Pfingstferien.

Am 21. Juni feierte das Gymnasium in dem geschmückten Festsaal in Anwesenheit des Herrn Geh. Staatsrates Frh. von Ketelhodt und des Herrn Generalsuperintendenten D. Müller den Geburtstag Sr. Hoheit des regierenden Herzogs. Nach dem Gesang eines Chors aus der Jubelkantate von Weber hielt der Direktor eine Festrede, in welcher er die politische Thätigkeit Sr. Hoheit des Herzogs Ernst II. in den Jahren 1854 und 1855 schilderte. Nachdem dann noch Herr Geh. Staatsrat Frh. von Ketelhodt dem Direktor das schon erwähnte ehrenvolle Patent überreicht hatte, schloß der Gesang der Hymne von H. E. v. S.-C.-G. die erhebende Feier.

Am 28. Juni wohnten die Mitglieder des hohen Landtags und drei Vertreter des Herzoglichen Staatsministeriums einer in der Aula abgehaltenen Singstunde des Gymnasialchores bei und sprachen sich dann sehr anerkennend über die Leistungen desselben aus.

Das Stiftungsfest des Gymnasiums wurde am 2. Juli in herkömmlicher Weise gefeiert. Nachdem am Vorabend dieses Tages die am Gymnasium befindliche Bildsäule des Herzogs Casimir nach alter Sitte bekränzt worden war, wobei der erste Schüler der Prima, Arthur Siebert, eine kurze poetische Ansprache, der zweite, Max Laubenheimer, eine längere Rede hielt, fand am Festtage selbst eine sehr zahlreich besuchte Schulfeier statt, bei welcher Herr Gymnasiallehrer Dr. Röhrig über die Einrichtung des einjährig-freiwilligen Militärdienstes sprach. Am Nachmittage fand die heitere ländliche Feier in Gegenwart von zahlreichen Angehörigen der Schüler in dem benachbarten Neuses statt. Ein Ball, den die älteren Zöglinge Abends im hiesigen Gesellschaftshause hielten, schloß die Feier des Stiftungsfestes.

Die Sommerferien dauerten vom 13. Juli bis zum 12. August.

Zur Erinnerung an den Tag von Sedan wurde am 2. September Vormittags von 10 Uhr an eine Schulfeier gehalten, bei welcher der Oberprimaner Franz Zöller über die Kriegsthaten, die zu dem Sieg von Sedan führten, und über dessen hohe Bedeutung sprach, der Unterprimaner Heinrich Glaser ein Gedicht von Greiner „Mein Vaterland, vergiß es nicht!" vortrug und von dem Chor patriotische Lieder gesungen wurden. Am Nachmittag erfreuten sich die Schüler von VI—IIIa auf dem städtischen Anger an besonders eingeübten Fang- und Ballspielen, während aus den Oberklassen 18 Schüler ihre Kräfte im Hochspringen, Steinstoßen, Weitsprung und Gerwerfen maßen.

Vom 9.—14. September wurden von drei zu einer außerordentlichen Reifeprüfung zugelassenen Oberprimanern die schriftlichen Prüfungsarbeiten gemacht. Am 28. September wurde unter dem Vorsitze des Herrn Generalsuperintendenten und Oberkonsistorialrats D. Müller als Herzogl. Prüfungskommissars die mündliche Prüfung abgehalten. Zwei Oberprimanern (s. unten) wurde das Zeugnis der Reife zuerkannt.

Die Herbstferien dauerten vom 28. September bis zum 14. Oktober.

Am 14. Oktober wurde nach Prüfung und Aufnahme einiger angemeldeter Schüler das Winterhalbjahr durch eine Schulfeier eröffnet, bei welcher nach dem Direktor auch Herr Schulrat Dr. Schneider herzliche Worte zu den Schülern sprach.

Durch ein Dekret des Herzogl. Staatsministeriums vom 25. Oktober wurde verfügt, daß Schüler des Herzogl. Gymnasiums, welche im Laufe eines Vierteljahres in die Anstalt eintreten oder dieselbe verlassen, bei höchstens einmonatlicher Teilnahme am Unterricht nur ein Drittteil, bei höchstens zweimonatlicher Teilnahme zwei Drittteile und den vollen Betrag des Vierteljahrschulgeldes nur dann zu zahlen haben, wenn sie über zwei Monate im laufenden Quartale die Schule besucht haben.

Am 26. November wurde gemäß der im vorigen Jahresbericht S. 58 erwähnten Verordnung des herzogl. Staatsministeriums in der ersten Stunde des Vormittags vor den Schülern der beiden oberen Klassen nach einem Choralgesang von dem Direktor des Kanzlers Johann Konrad Scheres genannt Zieritz in einer Ansprache ehrend gedacht. Leider aber mußte derselbe wegen des plötzlichen Ablebens des Herrn Prof. Kästner vorher eine Trauerfeier halten, bei welcher er dem Gefühle des Schmerzes und der Trauer über das Hinscheiden des verehrten Lehrers und lieben Kollegen Ausdruck gab. Am folgenden Tage Mittags 2 Uhr nahmen die Lehrer und Schüler des Casimirianums an dem feierlichen Begräbnis des Entschlafenen teil.

Die Weihnachtsferien dauerten vom 21. Dezember v. J. bis zum 6. Januar d. J.

Am 11. Januar wurde wegen der Erkrankung vieler Schüler an der Influenza mit Genehmigung des Herzogl. Staatsministeriums der Unterricht bis Montag, den 19. Januar, ausgesetzt.

Am 27. Januar wurde der Geburtstag Sr. Majestät des Kaisers Wilhelm II. in der Aula des Gymnasiums durch patriotische Gesänge und eine Festrede des Herrn Oberlehrers Dr. Warnke, der ein ausführliches Lebensbild des Kaisers entwarf, in erhebender Weise gefeiert.

Vom 13. bis zum 20. Februar wurden die schriftlichen Arbeiten für die bevorstehende Reifeprüfung von zehn Oberprimanern und einem ehemaligen Schüler des Gymnasiums angefertigt. Am 13. und 14. März wurde unter dem Vorsitze des Herrn Geh. Staatsrates Frh. von Ketelhodt als Herzogl. Prüfungskommissars die mündliche Reifeprüfung abgehalten, und den zehn Examinanden die daran teilnahmen, das Zeugnis der Reife zuerkannt (s. unten).

IV. Reifezeugnisse und Prämien.

Nach bestandener Reifeprüfung wurden zu Michaelis v. J. zwei Oberprimaner mit dem Zeugnis der Reife entlassen:

1) Friedrich Appunn, geb. zu Coburg am 14. März 1868, evangelisch, Sohn des Kreisgerichtsrats a. D. Appunn zu Coburg, Schüler des Gymnasiums seit Ostern 1878 von Sexta an, 2½ Jahre in Prima, mit dem Prädikate ziemlich gut vorbereitet (3); studiert Medicin.

2) Albin Kipp, geb. zu Coburg am 22. April 1869, evangelisch, Sohn des Hofzahnarztes Kipp in Coburg, Schüler des Gymnasiums seit Ostern 1879 von Sexta an, 2½ Jahre in Prima, mit dem Prädikate ziemlich gut vorbereitet (3); studiert Medicin.

Am Schlusse dieses Schuljahres wurde ferner folgenden neun Oberprimanern das Zeugnis der Reife für die akademischen Studien zuerkannt:

1) Arthur Siebert, geb. zu Neustadt a. H. am 1. Januar 1870, evangelisch, Sohn des Postverwalters Siebert in Neustadt a. H., Schüler des Gymnasiums seit Ostern 1882 von Quinta an, 2 Jahre in Prima, von der mündlichen Prüfung dispensiert, mit dem Prädikate vorzüglich vorbereitet (1); studiert Medicin.

2) Max Laubenheimer, geb. zu Coburg am 16. Oktober 1870, evangelisch, Sohn des Ökonomen Laubenheimer in Coburg, Schüler des Gymnasiums seit Ostern 1881 von Serta an, 2 Jahre in Prima, von der mündlichen Prüfung dispensiert, mit dem Prädikate vorzüglich vorbereitet (1); widmet sich dem Postfache.

3) Werner Muther, geb. zu Coburg am 3. Juli 1870, evangelisch, Sohn des Gymnasialdirektors und Schulrats Dr. Muther zu Coburg, Schüler des Gymnasiums seit Ostern 1880 von Serta an, 2 Jahre in Prima, von der mündlichen Prüfung dispensiert, mit dem Prädikate gut mit Lob (2a); widmet sich dem Postfache.

4) Franz Zöller, geb. zu Coburg am 22. Februar 1870, evangelisch, Sohn des Kaufmanns Zöller zu Coburg, Schüler des Gymnasiums seit Ostern 1880 von Serta an, 2 Jahre in Prima, mit dem Prädikate gut vorbereitet (2); studiert Theologie.

5) Arthur Müller, geb. zu Liebenstein, Hzgt. S.-Cob.-Gotha, am 15. Februar 1871, evangelisch, Sohn des verstorbenen Oberförsters Müller, Schüler des Gymnasiums seit Michaelis 1883 von Quarta an, zwei Jahre in Prima, mit dem Prädikate ziemlich gut vorbereitet (3); studiert Jurisprudenz.

6) Hans Gazert, geb. zu Harburg, Kgr. Preußen, am 16. Mai 1870, evangelisch, Sohn des Kgl. Preuß. Medicinalrates Dr. Gazert, Schüler des Gymnasiums seit Ostern 1880 von Serta an, 2 Jahre in Prima, mit dem Prädikate ziemlich gut vorbereitet (3); will Maschinentechniker werden.

7) Hugo Niemann, geb. zu Castell bei Würzburg am 14. Juni 1869, evangelisch, Sohn des Finanzrats Niemann zu Coburg, Schüler des Gymnasiums seit Ostern 1888 von Prima an, 2 Jahre in Prima, mit dem Prädikate ziemlich gut vorbereitet (3); widmet sich dem Militärstande.

8) Karl Rückert, geb. zu Ölze, Schwarzb.-Sondershausen, am 23. März 1868, evangelisch, Sohn des verstorbenen Kaufmanns Rückert, Schüler des Gymnasiums seit August 1883 von Untertertia an, 3 Jahre in Prima, mit dem Prädikate ziemlich gut vorbereitet (3); studiert Theologie und Philologie.

9) Karl Hahn, geb. zu Großheirath, am 6. Juli 1868, evangelisch, Sohn des städtischen Lehrers Hahn zu Coburg, Schüler des Gymnasiums seit Ostern 1878 von Serta an, 2 Jahre in Prima, mit dem Prädikate ziemlich gut vorbereitet (3); widmet sich dem Steuerfache.

Außerdem erhielt nach bestandener Prüfung das Zeugnis der Reife für die akademischen Studien
10) Albert Beck, geb. zu Kulmbach, Kgr. Bayern, am 24. Juni 1866, evangelisch, Sohn des verstorbenen Kaufmanns Beck, Schüler des Gymnasiums seit Michaelis 1877 von Serta an bis Ostern 1885, wo er von Obersekunda abging, mit dem Prädikate ziemlich gut vorbereitet (3); widmet sich dem Postfache.

Am Schlusse des vorigen Schuljahres erhielten der Abiturient Eduard Hermann, die Obersekundaner Rudolf Löwel und Heinrich Glaser und der Untersekundaner Max Otto die Hagelgans'schen Fleißprämien. Das Samuel-Schmidt'sche Legat wurde dem Abiturienten Franz Haag, das Schröter'sche Legat dem bisherigen Quartaner Alfred Stegner zuerkannt.

Die Trompheller'sche „Jubiläumsprämie" wurde am 15. November, dem Tage, an welchem der Stifter im Jahre 1875 sein 50jähriges Amtsjubiläum feierte, dem Unterprimaner Alexander Halter verliehen.

V. Vermehrung der Sammlungen und Unterrichtsmittel.

1) Die Bibliothek des Gymnasiums, verwaltet vom Oberlehrer Dr. Warnke, wurde in den beiden letzten Jahren durch Verwendung der zur Verfügung stehenden Summe ansehnlich vermehrt. Außerdem gingen ihr folgende Geschenke zu: Vom Herrn Privatdocenten Dr. Stuby in Marburg: Eine von seinem verstorbenen Vater angefertigte Abschrift der Tambacher Pergamenthandschrift des Wilhelm von Orlens. — Vom Herrn Seminardirektor N. Staude in Eisenach sein Werk: Präparationen zur biblischen Geschichte, 3 Bde., Dresden 1888. — Vom Herrn Prof. Dr. Baumgarten hier seine Schrift: Vernunftreligion und Christentum zur Zeit der französischen Revolution, Leipzig 1889. — Vom Herrn Institutsdirektor Taubald hier: Akademische Vorträge von Döllinger, 2 Bde., München 1889. — Vom Herrn Gymnasiallehrer Dr. Fritzsche in Sondershausen: dessen Ausgabe von Shakespeare's Julius Caesar, Hamburg 1888. — Vom Herrn Hofbuchhändler B. Niemann hier: Braun, Schiller und Goethe im Urteil ihrer Zeitgenossen. 1. Abteil., Bd. 1 u. 2; Hoffmeister, Der Germanen ureignes altes Testament, Berlin 1882; H. Reichardt, Der deutsche Lehrer in England, Berlin 1883. — Von der Verlagsanstalt von C. Manz: Naydt, Die Arithmetik auf dem Gymnasium, Hannover-Linden 1889. — Von der Verlagsbuchhandlung Groß in Heidelberg: Süpfle, französisches Lesebuch, 1888. — Vom Herrn Verlagsbuchhändler Bädecker in Leipzig: Conrad, Altdeutsches Lesebuch, 1888. — Vom Herrn Verlagsbuchhändler G. Freytag in Leipzig: Curtius, Griechische Schulgrammatik, herausgeg. von Hartel; Hensell, Griechisches Verbalverzeichnis; Schenkl, Griechisches Übungsbuch, bearb. von Hensell; Scheindler, Latein. Schulgrammatik; derselbe, Latein. Lese- und Übungsbuch. Livius, V, B. 31—35, hg. von Zingerle. Ovidius, hg. von Sedlmayer. Sophocles, Antigone u. Oedipus rex. ed. Schubert. Demosthenes, Ausgewählte Reden, hg. von Wotke. Xenophons Anabasis, hg. von Weidner. — Von der Verlagsbuchhandlung Friedberg u. Mode in Berlin: Haupt, Kurzgefaßte lateinische Formenlehre.

2) Dem physikalischen Kabinet, verwaltet von Prof. Dr. Mauritius, gingen folgende Geschenke zu: 1888—89. Verschiedene selbstgefertigte Apparate vom Abiturienten Albert Zeihe, einige Drahtmodelle von Richard Roskoten (IIa), ein großes Solenoid von Wolf von Anker (IIb), drei Geißlersche Röhren von Hugo Niemann (Ib). 1889—1890. Ein Gasentwickler von Viktor Presuhn (IIb), ein Akkumulator-Element und ein Modell zur Berechnung des Einflusses der Erdrotation auf die Dauer des Venusvorübergangs von Karl Mauritius (IIa), eine Decimalwage mit 20 kg Tragkraft von dem verstorbenen Herrn Hofapotheker Heil.

Für alle der Bibliothek und dem physikalischen Kabinet gemachten Geschenke spricht der Unterzeichnete den freundlichen Gebern im Namen des Gymnasiums hierdurch den verbindlichsten Dank aus.

3) Für den geographischen und den naturkundlichen Unterricht wurden angeschafft: F. Hirt, Geographische Bildertafeln, 3. Teil, 3. Abteilung: Völkerkunde von Afrika und Amerika. — 22 Tafeln des „Zoologischen Atlas" von Lehmann-Leutemann; 6 botanische Wandtafeln von Pilling.

4) Lehrmittel für den Zeichenunterricht. Angeschafft wurden in diesem und dem vorigen Schuljahr: 2 Krüge; 3 Kapitäle mit Gesims vom dorischen, jonischen und korinthischen Styl; Vorlagen aus dem Gebiete des klassischen antiken Ornaments für den Freihandzeichenunterricht von Dr. E. Wagener und Eyth.

VI. Ordnung der öffentlichen Prüfung und der Schlußfeier.

Die diesjährige öffentliche Prüfung findet am Dienstag, den 1. April, von 8—12 Uhr in folgender Ordnung statt:

Von 8 Uhr an: Sexta. Deutsch, Röhrig.
„ 8½ „ „ : Quinta. Lateinisch, Schubart.
„ 9 „ „ : Quarta. Mathematik, Bähring.
„ 9½ „ „ : Untertertia. Griechisch, Gebhardt.
„ 10 „ „ : Obertertia. Homer, Niemann.
„ 10½ „ „ : Untersekunda. Deutsch, Werle.
„ 11 „ „ : Obersekunda. Englisch, Warnke.
„ 11½ „ „ : Prima. Cicero, Beck.

Die Schlußfeier

wird am Mittwoch, den 2. April, von früh 9 Uhr an, in folgender Weise abgehalten werden:
1) Gesang: Psalm, komp. von Gläser.
2) Fabiorum ad Cremeram clades cum Lacedaemoniorum in Thermopylis nece comparetur, Vortrag des Unterprimaners Eduard Sommer.
3) Gesang: Lob und Ehre, komp. von Bach.
4) Deklamation des Sextaners Ferdinand Gläser: Die Legende vom Hufeisen, von Goethe.
    „   „ Quintaners Henry Buz: Der alte Ziethen, von Fontane.
    „   „ Quartaners Albert Rose: Altenahr, von Wolfgang Müller.
5) Gesang: Ave verum, komp. von Mozart.
6) Deklamation des Untertertianers Eugen Hanstein: Der Tag von Düppel, von Fontane.
    „   „ Obertertianers Paul Kost: Gott und die Fürsten, von Rückert.
    „   „ Untersekundaners Ernst Frommann: Bundeslied vor der Schlacht, von Th. Körner.
7) Heiden-Röslein, komp. von Schubert.
8) Deklamation des Obersekundaners Karl Winter: Das Siegesfest, von Fr. von Schiller.
9) Welch inneren Kampf hat Iphigenie in Goethes Drama zu bestehen?, Vortrag des Abiturienten Arthur Siebert.
10) Gesang: Maienlust, comp. von Kern.
11) Prämienverteilung und Entlassung der Abiturienten durch den Direktor.
12) Gesang: Lobt den Herrn mit Saitenspiel aus „Joseph", von Mehul.

Zur geneigten Teilnahme an der öffentlichen Prüfung, die im Klassenzimmer der Obertertia gehalten wird, sowie an der Schlußfeier im Festsaale des Gymnasiums werden die herzoglichen und städtischen Behörden, die Eltern und Angehörigen der Schüler und alle Gönner und Freunde der Anstalt ehrerbietigst und ergebenst eingeladen.

Anmeldungen zur Aufnahme in das Gymnasium nimmt der Unterzeichnete am 14., 15. und 16. April vormittags von 10—12 Uhr in dem Konferenzzimmer entgegen. Vorzulegen ist ein Geburtsschein, ein Impfschein bezw. Wiederimpfungsschein und ein Zeugnis der bisherigen Lehrer.

Zum Eintritt in die Sexta ist erforderlich, daß der Schüler das 9. Lebensjahr vollendet hat. An Vorkenntnissen wird vorausgesetzt: Fertigkeit im Lesen und Schreiben deutscher und lateinischer Schrift, einige Sicherheit in der Rechtschreibung, Kenntnis der einfachen Rechnungsarten in unbenannten und benannten Zahlen und Bekanntschaft mit den wichtigsten Geschichten des alten und neuen Testamentes. Vorkenntnisse im Lateinischen werden von denen, die zu Ostern in die Sexta eintreten, nicht verlangt.

Die Aufnahmeprüfung findet am Donnerstag, den 17. April von früh 8 Uhr im Gymnasium statt. An demselben Tage wird nachmittags um 3 Uhr das neue Schuljahr eröffnet. Der Unterricht beginnt am Freitag, den 18. April, früh 7 Uhr.

Auswärtige Schüler dürfen ihre Wohnung nur mit Genehmigung des Unterzeichneten wählen.

Coburg, den 25. März 1890.

Der Gymnasialdirektor:

Schulrat Dr. **Heinrich Muther**.